Binet Del.   Berthet Sculp.

12 Juillet à 9 Heures du Soir

Le Prince de Lambesc à la tête de Royal Almand,
parait au Pont-Tournant des Thuilleries, et massacre
un malheureux Vieillard qui cherchait à se retirer
avec un ami

LA PARISÉIDE,

OU

LES AMOURS

D'UN JEUNE PATRIOTE ET D'UNE BELLE ARISTOCRATE;

POEME HÉROI-COMI-POLITIQUE,

EN PROSE NATIONALE.

Ma gaieté, voilà ma fortune;
Ma liberté, voilà mon bien.

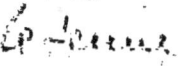

A PARIS,

Chez Maradan, Libraire, rue St. André-des-Arcs, Hôtel de Château-Vieux.

1790.

LA PARISÉIDE,

OU

LES AMOURS

D'UN JEUNE PATRIOTE ET D'UNE BELLE ARISTOCRATE.

CHANT PREMIER.

ARGUMENT.

Exposition. Amours de Pétronille et de Crisostome. Leurs familles. La Discorde est jalouse du bonheur de ces deux Amans. Elle va chercher la Politique

A

en *Angleterre et l'amène en France.*
Premiers troubles de Paris. Crisostome
court chez sa Maîtresse.

———————

Déesse protectrice de la France, c'est
toi que j'invoque : je vais chanter les combats et l'amour, les patrouilles et la beauté,
la déroute de l'Aristocratie et l'entrée de la
Liberté à l'Hôtel-de-Ville de Paris. Apprends-
moi les faits inouis du valeureux Crisostome ! Dis-moi quels furent les attraits de
Pétronille ; et comment deux Amans, trop
souvent séparés, se réunirent enfin pour
faire des petits Citoyens qui, à l'exemple
de leur auguste père, doivent un jour s'at-
tirer l'admiration de tous les Districts de
Paris.

Crisostome et Pétronille vivaient en
paix. Leurs jours, ou pour mieux dire,
leurs nuits s'écoulaient dans les doux transports de l'amour le plus tendre : ils goû-
taient les plaisirs de l'himen, sans en porter
les chaînes : ils auraient cru s'avilir, s'ils
eussent fait dans une Eglise le serment de

s'aimer toujours. L'alcove élégante de Pétronille fut l'autel.où cet aimable couple se
jura une fidélité inviolable. L'Enfant malin
que l'on adore à Gnide, s'applaudissait enfin
d'avoir trouvé deux cœurs parfaitement heureux, quand une révolution imprévue man-
qua de détruire ce chef-d'œuvre de l'a-
mour.

Les goûts, l'âge et les plaisirs de Pétronille
et de Crisostome étaient les mêmes, mais leur
naissance était bien différente. Crisostome
devait le jour à une famille plébéienne. Son
père, long-tems Commis aux barrières,
après quelques captures assez heureuses,
s'était jeté dans l'agiotage, où il avait amassé
de grands biens. Cette rapide fortune ne
le consolait point de ne pas être noble;
mais il menaçait le public d'acheter une
charge de Secrétaire du Roi, quand la mort
vint, en le frappant, s'opposer à ses projets
ambitieux.

La famille de sa Maîtresse, originaire
de Versailles, se perdait dans la nuit des
tems. Les parens de la jeune Pétronille
étaient aristocrates, et ils l'avaient élevée

A 2

dans leurs principes. Tous ses ancêtres avaient été, de père en fils, valets-de-chambre des premiers Commis des Ministres de la Guerre, de la Marine et des Finances. Aussi, de tems immémorial, il était d'usage parmi les Messieurs de la Verdure (c'est le nom des parens de Pétronille) d'épouser les Maîtresses délaissées des Secrétaires des premiers Commis des Ministres de Versailles; ce qui forçait cette famille d'avoir des sentimens élevés et conséquemment d'être aristocrates.

LA Discorde vit le bonheur de ces deux Amans; elle en frémit de rage. « Quoi, « s'écria l'infernale Déesse, ils seront heu- « reux, en dépit de moi! rien ne pourra « les désunir! Que mon flambeau s'éteigne « plutôt que de voir un couple odieux dont « la félicité m'outrage! soufflons dans leurs « cœurs le poison qui me ronge! boule- « versons la France entière! armons le « Tiers-Etat contre la Noblesse, la Robe « contre l'Eglise, et vengeons-nous d'un « peuple qui, depuis trop long-tems, m'a « bannie de ses Provinces » !

Elle dit, et après avoir secoué son fatal flambeau sur la Capitale de la France, elle va chercher la Politique qu'elle trouve inspirant les Pairs du Parlement d'Angleterre: elle l'amène avec elle à Paris. L'une se déguise en colporteur et distribue les libelles qu'elles ont composés; et l'autre, pour mettre la dernière main à leur ouvrage, va s'ériger en orateur dans les divers Cafés du Palais Royal.

BIENTÔT le trouble et la confusion règnent dans tout le Royaume. Paris est en proie aux plus vives alarmes. Les oreilles sont fatiguées sans cesse de ces grands mots de *Constitution*, *Aristocratie*, *Patriotisme* et *Liberté*; et pour comble de maux, les libellistes sont sur le point de faire fortune.

LA Discorde s'applaudit de ses exploits et court en méditer d'autres à Versailles. L'éclair n'est pas plus prompt que l'effet qu'elle y produit. Soudain la Capitale est investie de hordes Allemandes, et la Déesse aux cent voix en porte la nouvelle aux Parisiens effrayés.

Que faisiez-vous alors, tranquiles habitans de la reine des Cités ? Vous vous contentiez de faire d'inutiles motions dans les jardins du Palais d'Orléans ; vous regrettiez ces tems fortunés où, conduits par l'Amour, vous alliez, avec vos gentilles maîtresses, fouler l'herbe naissante du bois de Boulogne : et maintenant, tristes et désolés, vous fuyez loin de ce bois, n'aguères l'asyle de vos plaisirs ! De vils Soldats Autrichiens l'ont pollué, et ces suppôts de Bacchus en ont fait déserter le Dieu de Cithère.

Cependant rien n'avait encore troublé l'union de Crisostome et de Pétronille : ils étaient heureux. Ils ne s'inquiétaient guères de ces distinctions d'ordres de démocrates et d'aristocrates, qui causaient les troubles de Paris. Mais la Discorde, qui marchait à grands pas vers son but, avait juré de désunir ces tendres Amans et s'applaudissait d'avance de son succès.

Ce fameux Dimanche où devait se donner le signal de la plus étonnante révolution, arrive enfin. Déjà vingt mille mains, chargées de torches et de flambeaux, avaient incendié nos redoutables barrières ; déjà l'effroi était peint sur tous les visages, et Crisostome, tranquile au milieu des alarmes, ignorait encore les inquiétudes de sa chère Pétronille. Bientôt le bruit augmente; notre héros se lève, et sans attendre le secours de la main légère de son Perruquier, il s'habille promptement, et revêtu d'un frac élégant, il court au fauxbourg Saint-Germain rassurer l'aimable objet de ses affections.

Il arrive chez sa belle : il la trouve nonchalament étendue sur un sopha gris de lin et dans le plus joli négligé du monde. Un fichu, artistement noué au-tour de sa tête ; ses longs cheveux châtains qui tombaient en boucles ondoyantes sur son cou d'albâtre, un léger peignoir de mousseline composaient sa parure. Elle soutenait sa tête d'une main, tandis que de l'autre elle caressait Biribi, son petit chien, qu'elle avait placé un peu plus haut que ses genoux. On voyait régner sur son visage cette pâleur intéressante qui ajoute un nouveau charme à la beauté. « Eh bien, lui dit Crisostome, « en l'abordant, quel sombre nuage obs- « curcit tes beaux yeux ? — Hélas, cher

A 4

« ami, ces feux, ces cris de la vengeance !..
« — Rassure-toi, mon aimable compagne ;
« ne crains rien, Crisostome est avec toi :
« dois-tu redouter les aveugles transports
« d'une populace effrénée? — Mais ce rêve !
« — Quel rêve ? - Ah ! mon cher Crisostome,
« tu ne sais pas !.. — Quoi donc ? — As-
« sieds-toi près de moi, et je vais t'apprendre
« le sujet de mes peines. »

A ces mots, Crisostome s'approche de
la belle Pétronille, qui fait retirer son petit
chien, pour faire place à son Amant. Mais
pour savoir quelle fut leur conversation, il
faudra passer au chant suivant.

CHANT II.

ARGUMENT.

Réve de Pétronille. Crisostome cherche à la consoler, et il réussit. Ils vont se promener aux Tuileries. La Discorde, sous la forme de Lambesc, se met à la tête des Allemands et passe le pont tournant. Confusion dans ce jardin. Crisostome, malgré les efforts de Pétronille, veut aller combattre Lambesc.

'Amour, aimable Amour ! que tes transports sont doux pour deux cœurs qui vivent tranquillement dans le sein de la paix ! mais que tu leur cause de peines, lorsqu'à tes plaisirs succèdent les jeux sanglans du démon de la guerre ! L'amant tremble pour les jours de sa maîtresse, et sa belle amie craint sans cesse de se voir séparée de son cher amant. Tels sont les malheurs qui menaçaient la jeunesse Parisienne. Le fils de Cythérée les prévoyait depuis long-tems. En vain il avait voulu parer le coup fatal : en vain il avait conjuré toutes les Divinités de ne point abandonner un peuple qu'il protégeait ; les Dieux furent toujours insensibles à ses prières. Le Destin avait parlé, et les Dieux sont muets, quand le Destin parle.

« Hélas ! mon doux ami, dit Pétronille à
« Crisostome, j'ai fait un songe horrible,
« et sans doute il nous annonce l'avenir
« le plus cruel. Il est affreux dans toutes
« ses circonstances, je ne puis y penser
« sans frémir, et pourtant il faut que je
« te le raconte. Je goûtais cette nuit les
« plaisirs d'un paisible sommeil. J'étais
« heureuse, je te croyais près de moi. Je
« te tenais dans mes bras, et te pressais
« amoureusement contre mon sein ; je te
« prodiguais tous mes charmes ; je te cou-
« vrais de baisers ; et cependant, perfide,
« tu ne répondais à mes brûlans transports
« que par la plus froide indifférence. Trois
« fois j'essayai de ranimer ton cœur épuisé,

« trois fois je me vis trompée dans mon
« fol espoir. Ni mes plaintes , ni mes re-
« proches , ni mes peines , jamais épargnées,
« ne purent te faire répondre à ma vive
« ardeur. Enfin , barbare , pour te pein-
« dre en deux mots ma déplorable situa-
« tion , je me crus la jeune et malheureuse
« Aurore dans les bras de l'insensible Ti-
« ton ; et juge combien un songe aussi
« funeste nous annonce de malheurs ! Car
« enfin, ces barrières en feu , ces cris que
« l'on entend de tous côtés , mon rêve les
« présageait tous , et peut-être même pré-
« sage - t - il le bouleversement de tout le
« Royaume. Oui , j'en suis certaine , un
« tel songe ne peut avoir que les suites les
« plus terribles ».

Alors son intrépide amant lui répond
d'un ton fier , mais entremêlé d'une certaine douceur : « Pétronille , ma chère Pé-
« tronille , pourquoi ajouter foi à des rêves
« qui ne sont que l'effet du hasard et du
« sommeil ? J'ai lu dans l'Histoire ancienne
« que la Reine de Saba ou l'Impératrice
« Poppée... — Eh ! laisse-là , mon ami, ta
Reine et ton Impératrice. Ce rêve semble

« me menacer de deux révolutions ; l'une
« dans la France , et l'autre dans mon
« amant. Je ne suis point assez politique
« pour prévoir la première ; mais la seconde.
« — Eh bien , la seconde ? — Ah , Cri-
« sostome. — Je te comprends , adorable
« Pétronille, c'est à moi de te convaincre
« de la fausseté de ton songe ».

Pétronille , qui avait besoin de recueille-
ment pour soutenir une conversation sérieu-
se , tire le cordon de sa sonnette , et Ma-
dame Véronique , camériste adroite et dis-
crète , vient baisser les jalousies. Cette pré-
caution était nécessaire. Il ne fallait laisser
dans la chambre qu'un demi-jour favorable
aux disputes philosophiques. Crisostome
persuada bientôt sa douce amie. Il avait
reçu de la nature le don de la parole , et
sa logique était des plus pressantes.

Dés que Pétronille fut convaincue qu'au
moins la moitié de son rêve était fausse ,
elle se mit à table avec son amant. Crisostome, pendant tout le repas, fut d'une
gaieté charmante. Il paraissait fort content
de lui. Il proposa , après le dîner , la pro-

menade à sa maîtresse ; elle accepta, elle
ne songeait plus à son rêve.

« M'aimeras-tu toujours, dit-elle à son
« amant, comme ils passaient sur le Pont-
« Royal ? En peux-tu douter, ma chère
« ame, lui répond Crisostome ? On verra
« le soleil faire un pas de deux avec la
« lune, avant qu'on voie Crisostome
« manquer à la foi qu'il t'a jurée ». Ces
douces paroles rassurèrent cette tendre
amante, et ils entrèrent dans les Tuileries.

Le blond Phébus avait déjà fourni les trois
quarts de sa carrière. Son char enflammé
répandait sur la Capitale une chaleur tem-
pérée par le soufle agréable d'un léger zé-
phir. Tout invitait aux plaisirs de la pro-
menade, et les Parisiens en foule inon-
daient les diverses allées du Jardin des
Tuileries.

Cependant la Discorde était alors dans
les environs des Champs-Elisées ; elle assem-
blait les Bandes de la Germanie ; elle tres-
saillit de joie, en voyant ces mines altières
qui ne respiraient que le carnage. « Mais

« quoi, dit-elle, n'aurais-je appellé ces
« Allemands que pour être simples specta-
« teurs des fêtes Parisiennes ? Je veux, en
« me mettant à leur tête, qu'ils aient l'hon-
« neur de porter les premiers coups ».

En disant ces mots, elle réfléchit au
moyen de parvenir à ses fins. Elle prend
l'air, la taille et l'habit du farouche Lambesc, à qui elle envoie un songe agréable,
pour le dédommager du petit tour qu'elle
lui jouait. « Jadis, s'écria-t-elle, sous les
« traits du fameux Guise le Balafré, le
« Fanatisme sut exciter Jacques Clément au
« régicide. Signalons-nous aujourd'hui par
« des forfaits non moins éclatans ! Peut-être
« que sous la figure de Lambesc il sera facile
« de reconnaître la Discorde ; mais je m'en
« ris, une Déesse comme moi se moque du
« qu'en dira-t-on ».

Ainsi métamorphosée, la Discorde se
mêle parmi les Sodats de *Royal-Allemand*,
et leur tient ce discours : « Illustres com-
« pagnons, reconnaissez Lambesc, votre
« Chef invincible. Broglie nous laisse lan-
« guir dans un infâme repos. Il croirait,

« ce dévot , commettre un sacrilège , en
« donnant un Dimanche le signal du mas-
« sacre ! Quelle erreur est la sienne ! Pro-
« fitons du moment où tout Paris est en-
« fermé dans ce vaste Jardin. Vengeons
« l'Aristocratie méprisée ; dérobons à Bro-
« glie la gloire de donner le signal de la
« guerre , et jurez - moi de me suivre au
« sentier de l'honneur ».

Elle dit, et les Allemands se rangent à sa
voix ; ils suivent celle qu'ils prennent pour
leur Colonel. Déjà , montés sur leurs su-
perbes coursiers, ils ont traversé le Cours ,
les Champs-Elisées et la place Louis XV.
Bientôt ils se précipitent sur le Pont-Tournant : l'épouvante marche devant eux ; à
leur aspect mille cris affreux se font entendre. On se lève , on se presse , on veut
fuir et l'on tombe pêle-mêle l'un sur l'autre.

Ainsi qu'on voit souvent un enfant de
famille ranger sur une table des Capucins
de cartes , et pousser le dernier pour faire
tomber tous les autres ; de même le cheval
de Lambesc faisait culbuter sans dessus
dessous les Parisiens depuis le Pont-Tour-

nant jusqu'à l'extrémité de la grande allée.

Qui pourra jamais compter tous les acci-
dens arrivés dans cette horrible bagarre ?
Combien de coëffures dérangées , d'éven-
tails perdus , de jupons déchirés , de fichus
chifonnés , de digestions troublées , de......
Mais je m'égare ; des faits plus surprenans
m'attendent. Je sens l'auguste Vérité qui
m'inspire , et je continue.

Lambesc , ou pour mieux dire , la Discorde jouait à tort et à travers de son fatal
cimeterre. Lassée de faire fuir un peuple endi-
manché , sans avoir la gloire de le combattre , elle voulut au moins se procurer le
plaisir innocent de tuer quelques Bourgeois.
Elle pousse vaillamment son cheval contre
un vieillard , en habit noir et perruque
ronde , qui n'avait pour toute défense
qu'une canne à bec de corbin ; elle lui dé-
charge un coup de son arme terrible , et lui
partage le corps en deux parties égales ;
elle est elle-même étonnée de sa haute valeur , et sourit d'avoir précipité dans le
Tartare un de ses ennemis. Mais soudain
jetant les yeux sur le cadavre , elle le reconnaît

nnaît pour un de ses plus fermes appuis :
le en frémit ; elle avoit raison, elle venait
e tuer un Procureur.

Pendant que cette scène horrible se pas-
it autour du grand bassin, Crisostome
: Pétronille prenaient tranquillement des
laces sur le tapis vert, La nouvelle de l'in-
asion de Lambesc pénètre bientôt jusqu'à
ux. Pétronille, pâle et tremblante, s'efforce
ainement de retenir son amant qui veut
ourir au combat ; balançant trois secondes
ntre son amour et la gloire , Crisostome
e décide enfin. « Ne me retiens pas plus
: long-tems , divin arc-en-ciel de mes jours ;
: lui dit-il , l'honneur m'appelle , et je mar-
: che. Reste ici , je te rejoins dans un ins-
: tant. Ah ! si j'avais ma belle épée d'acier
: d'Angleterre , je défierais toutes les trou-
: pes de la Germanie ; mais mon courage
: me reste, il suffit ».

En disant ces mots , il part comme un
éclair et arrive près du grand bassin au moment où Lambesc allait se retirer avec sa
troupe.

B

CHANT III.

ARGUMENT.

Crisostome manque de périr, en voulan
combattre Lambesc. L'Amour le sauve
Tendre conversation, suivie d'une nui
heureuse. Crisostome veut quitter Pé
tronille, pour aller prendre les armes
Reproches de la belle et départ de son
Amant.

QUE l'homme est inconstant ! qu'il es
faible dans ses résolutions ! il jure dans sa
folle ivresse de ne point s'éloigner de l'obje
dé ses amours, et cependant dès qu'il croi
que la gloire l'appelle en d'autres lieux, i
délaisse sa douce amie pour voler aux combats ; témoins Hector qui s'arrache des bras
de sa chère Andromaque pour aller combattre l'impétueux Achille ; le pruden
Ulisse, qui fuit une épouse adorée, pou

venger sous les murs de Troie l'honneur
d'un mari qui n'était pas plus à plaindre
que la plupart de ceux de Paris; Renaud,
l'intrépide Renaud, qui, malgré le désespoir d'Armide, court dans une forêt en-
chantée faire le métier de Bucheron; et
de nos jours un sage et vaillant Prince,
qui, insensible aux tendres reproches de
nos Lucreces de coulisses, va faire à Gi-
braltar une provision de lauriers assez con-
sidérable pour le dispenser d'en cueillir
d'autres. Et veut-on un exemple plus récent
encore de ce que j'avance, Crisostome va
nous le donner?

I ʟ n'avait point d'armes pour combattre
Lambesc; il saisit deux de ces chaises sur
lesquelles s'asseyent voluptueusement, pour
deux sols, la jeune grisette et la vieille
duchesse, le philosophe et le commis de
la Douanne. L'une de ces chaises lui sert
de bouclier, et l'autre de massue. Il marche droit aux Allemands : son audace excite
le courage des plus poltrons. Il se voit bientôt suivi de deux mille jeunes gens qui tous
veulent laver, dans le sang de Lambesc, la

honte d'avoir fui devant lui , et le combat
s'engage.

L'Amour vit l'imprudence de Crisostome et voulut le sauver. Il fit descendre,
avec autant d'habilité qu'un Machiniste
de l'Opéra , un épais nuage qui déroba rotre
héros à la fureur des ennemis. Sans ce secours , qui lui venait le plus à propos du
monde , il allait être la victime de son
zèle patriotique , car les chevaux des
Allemands le foulaient déjà aux pieds.
En se relevant, il apperçoit Lambesc et les
siens au-delà du pont tournant; il veut encore les poursuivre, mais une force invi-
sible l'entraîne vers sa chère Pétronille,
qu'il trouve étendue au pied d'un maronier :
il la fait revenir avec un verre d'eau fraî-
che et monte avec elle dans un carosse
national (1).

De retour chez elle , Pétronille dit à

_____

(1) C'est le nom que l'on a donné aux fiacres depuis
la Révolution.

son doux ami : « N'avais-je pas bien raison
« de croire que mon rêve présageait les
« événemens les plus terribles ? Ah ! lui
« dit Crisostome, pourquoi t'affliger vaine-
« ment ? Rien n'est changé dans ton Amant.
« Il est, il sera pour toi toujours le même.
« Ainsi cette Révolution que tu appréhen-
« dais ne sera rien. Elle ne regarde que la
« France entière : et dois-tu t'inquiéter du
« bouleversement du Royaume, quand ton
« Amant peut te donner, à toute heure,
« les preuves les moins équivoques de son
« amour ? — Ces sentimens-là, Crisostome,
« ne sont pas d'un héros. — Ils sont d'un
« Amant, qui sacrifierait tout pour sa Pa-
« trie, excepté sa Maîtresse. — Mais dis-
« moi, pourquoi m'as-tu quittée aux Tuil-
« leries ? — Je voulais m'opposer à l'inva-
« sion de ces Allemands, soudoyés par les
« Aristocrates. — Qu'entends-tu par les
« Aristocrates ? — Les Nobles qui, craignant
« de perdre leurs privilèges, veulent nous
« égorger pour nous faire entendre raison.
« Quoi ! mon ami, tu porterais les armes
« contre les Nobles ! Songe donc que ma
« famille, attachée à la Noblesse, est du
« parti des Aristocrates ; et que tu ne peux

« sans m'offenser, prendre les intérêts du
« Peuple. Oui, mon bon ami, si tu veux
« être toujours aimé de ta Pétronille, de-
« viens Aristocrate ; je t'en prie, je te l'ordonne ».

CRISOSTOME ne répondit rien à son
Amante. Il connoissait l'ascendant qu'elle
avait sur son cœur ; il craignait de pro-
mettre ce qu'il ne pouvait pas tenir. Après
quelques discours très-jolis, mais qu'il n'est
pas à propos de raconter dans un ouvrage
aussi intéressant que celui-ci, nos deux
Amans se couchèrent : ils firent une bonne
nuit, parce qu'ils dormirent peu.

A peine l'Aurore avait quitté le lit où re-
posait encore son inutile époux, que l'air
est frappé des cris les plus sinistres. Bientôt
le tocsin répand l'alarme dans tous les quartiers de la Capitale. Crisostome ne peut
rester plus long-tems auprès de l'aimable
Pétronille. Il entend la voix de sa Patrie
qui parle au fond de son cœur et qui lui
dit de quitter le trône de l'Amour pour
voler aux champs de la Gloire. Il profite
du moment où Pétronille commence à

fermer ses divines paupières ; il soulève doucement les draps , se laisse adroitement glisser en bas du lit et s'habille avec la plus grande célérité. Déjà il était sorti de l'alcove, déjà il ouvrait, à petit bruit, la porte de l'appartement , lorsque sa belle , qui semblait prévoir le malheur qui l'attendait, ouvre les yeux et apperçoit Crisostome prêt à lui échapper.

« Oses-tu bien , parjure , lui dit-elle,
« manquer à la foi que tu m'as jurée ? Quoi !
« tu préfères à mon amour la fausse gloire de
« combattre les Aristocrates! Eh bien, songe
« que je suis moi-même du parti des Aristo-
« crates, et que tu ne peux prendre contre eux
« les armes, sans porter à mon cœur les coups
« les plus sensibles. Ne m'abandonne pas
« dans ces tristes instans, mon cher ami :
« je t'en conjure par le souvenir de mes
« faveurs que je t'ai si souvent prodiguées.
« Mais non, tu veux me fuir, je le vois :
« sors donc, cruel, et vas perdre , par ton
« imprudence, la protection de ma famille
« que je t'avais ménagée. »

En disant ces mots , elle retombe sur

son lit. Crisostome veut la consoler, mais
il sent que s'il reste davantage, sa Patrie va
lui demander compte des momens qu'il a
perdus. Il ouvre fiérement la porte et s'é-
chappe de ces lieux, en poussant deux ou
trois soupirs.

CHANT IV.

ARGUMENT.

Crisostome arrive au Palais - Royal. Su-
blime dévouement des Vierges de ces
beaux lieux. Crisostome en sort pour
aller à Saint - Lazarre.

QUE je vous regrette, siècles fortunés de
la Chevalerie errante ! Le Paladin, au moment qu'il montait à cheval, pour courir
par monts et par vaux, recevait toujours
de sa gente amie une belle écharpe qu'elle-
même avait brodée. Fier d'une pareille faveur, il se croyait invincible ; il franchissait
les fossés, pourfendait les géants, redres-
sait les torts, défendait l'honneur des belles,
même de celles qui l'avaient perdu. Mais
à présent nos maîtresses dédaignent de nous
broder des écharpes ; aussi l'on ne voit

plus parmi nous de Roland , ni d'Amadis.
Et peut-être que les Parisiens, dans cette
dernière Révolution , n'auraient point fait
tant d'actions éclatantes, s'ils n'eussent pas
reçu leurs cocardes des mains de la beauté.

CRISOSTOME arrive au Palais - Royal :
une foule innombrable de Citoyens de toutes
les classes y était déjà rassemblée. On y
arborait la cocarde verte. Infortunée cocarde! que ton règne fut court! le même
jour te vit naître et mourir. Tu fis place,
le lendemain, à la triple couleur, bleue,
rouge et blanche : ainsi l'avait ordonné le
Destin.

CEPENDANT les boutiques des Mar-
chandes de Modes étaient fermées , et l'on
avait besoin de ruban. Les Parisiens en de-
mandaient à grands cris, et les échos d'a-
lentour renvoyaient au loin ces mots souvent répétés : *ruban national ! ruban national* ! Alors les Prêtresses de Vénus, qui
dans ces beaux lieux ont fixé leurs demeures,
et qui , de tout tems , ont été les premières
à donner l'exemple du Patriotisme, ouvrent
leurs fenêtres et se mettent à leurs balcons.

On ne les voit point, dans ces momèns critiques, chargées d'une parure inutile. Elles sont simples, sans art, et belles de leurs seuls attraits.

BIENTÔT elles se font apporter, par leurs officieuses matrônes, leurs vêtemens où brille la couleur favorite ; elles s'en saisissent avec joie, les mettent en pièces et en distribuent les fragmens à leurs concitoyens, qui leur répondent par les applaudissemens les mieux mérités.

TELLES on vit autrefois, en des tems non moins malheureux, les Dames Romaines faire le sacrifice de leurs bijoux, pour sauver la République. Si les Nymphes des cent quatre-vingts arcades ne firent point des cadeaux aussi brillans que les Dames de l'antique Ausonie, c'est qu'elles ne le pouvaient pas. Et qui doute que celles qui se dépouillent volontairement d'un pierrot ou d'un chapeau, ne donnassent encore davantage, si la nécessité l'exigeait ? Ne sait-on pas que les beautés du Palais-Royal n'ont rien qu'elles n'aiment à partager avec le Public ?

MUSE, apprends-moi les noms de celles qui se dévouèrent pour la chose commune! dis-moi quelle fut la première qui donna l'exemple de cet incroyable dévouement?

CE fut vous, aimable Julie! vous à qui la Flandre est fière d'avoir donné le jour! vous à qui votre Patrie devrait pour le moins élever une statue équestre!

BIENTÔT la blonde Thevenin, si semblable à Cypris, fut jalouse de vous imiter. Elle s'empressa de déchirer un superbe pierrot qu'elle n'avait point encore porté, et dont un Évêque *in partibus* lui avait fait cadeau la veille.

ET vous, séduisante Victoire! vous que l'on vit long-tems sous le quai de Gêvres essayer vos talens naissans! vous, dont les beaux yeux noirs ont fait tourner la tête à tous les habitués du Jardin d'Orléans! vos petites mains blanches envoyèrent en détail un chapeau, deux ceintures et trois jupons, à plus de douze cens Bourgeois que vos charmes avaient attirés sous vos fenêtres.

PARMI ces belles distributrices de cocardes, il en est sept sur-tout qu'il m'est impossible d'oublier : la douce Emilie, la piquante Cloé, la sémillante Ursule, trois amies que ma plume ne doit pas séparer : n'en voit-on qu'une, on la prendroit pour Vénus ; sont-elles réunies, on croiroit voir les Grâces ; la majestueuse Cauchoise, que jamais l'on n'a quittée sans regret ; l'adorable Célestine, née à Marseille, qui doit son joli nom à ses vertus vraiment célestes ; la brune Rosalie, fille du grand Pénitencier de Bordeaux, et qui, par respect pour la mémoire de son père, a consacré ses charmes aux seuls Abbés ; et enfin, l'inconstante Susanne, qui laisse de si doux souvenirs, et qui n'a pas tout-à-fait la chasteté de la Juive dont elle porte le nom.

SOUDAIN ce délire patriotique devient général. Toutes les fenêtres, tous les balcons sont garnis de figures ravissantes. Mille chapeaux, dix-huit cens jupons, trente-deux douzaines de ceintures, et six cens quatre-vingt dix-huit pierrots, sans compter les pelisses et les corsets, sont en morceaux, et il pleut des cocardes. Vous les prodiguâtes à pleines mains, voluptueuse Mélanie, insouciante Aglaé , Aspasie aux joues vermeilles ; toutes les trois long-tems Sultanes favorites d'un certain Archevêque, et toutes trois, aussi bien que mille autres, long-tems bercées par lui de l'espoir d'une rente viagère. Et vous, folâtre Alison, qui avez si bien prouvé que la bourse d'un agioteur n'est point intarissable, vous fîtes sauter par la fenêtre jusqu'à vos jarretières brodées avec une devise, chef-d'œuvre de la main légère de l'adroite Bertin.

IL faudrait des volumes *in-folio* pour détailler les belles actions de ces fameuses Héroïnes ; mais je sens que mon Pégase ne peut me mener plus loin. Daignez donc excuser mon silence, chastes Nymphes, dont les noms ne sont point cités dans mon Poëme. Je vous promets d'en faire un autre exprès pour vous seules, où je chanterai dignement vos sublimes vertus.

SUR ces entrefaites, un homme à cheval entre au grand galop dans le jardin. Il annonce que les habitans du faubourg Saint-Marceau sont occupés à faire le siège de

Saint-Lazare, et qu'il court un bruit que les Aristocrates ont enfermé dans cette maison des sommes immenses et des provisions de vivres. A cette nouvelle on s'assemble, on fait des motions, et pendant que l'on se consulte sur ce qu'on doit faire, Crisostome se met à la tête de deux cens des plus hardis, et marche fièrement vers le faubourg Saint-Denis, après avoir auparavant été chercher sa redoutable épée d'acier poli, sans laquelle, il ne pouvait rien entreprendre pour le bonheur de la Nation.

CHANT V.

ARGUMENT.

*La Discorde se réfugie à Montmartre.
Elle y appelle les Divinités ennemies de
la France et les Aristocrates. Ils y
tiennent leurs Etats-Généraux. Discours de la Discorde, Présidente de
l'Assemblée.*

O DISCORDE! ne cesseras-tu jamais de
troubler le repos des pauvres mortels? Depuis la pomme d'or, qui s'échappa de tes
mains aux nôces de Thétis et de Pélée;
depuis cet enlevement qui arma tous les
Districts de la Grèce contre les infortunés
habitans de la triste Ilion, jusqu'aux der-
nières disputes élevées dans les bureaux
de l'Assemblée Nationale et les foyers de
l'Opéra, on ne voit que troubles et confu-
sions

sions sur la terre. Envain les hommes cherchent à vivre en paix, ils ne peuvent éloigner ces funestes fléaux attachés à l'humaine nature. La guerre est le premier des maux sorti de la boîte de Pandore.

A l'extrêmité de l'un des fauxbourgs de Paris s'élève une haute montagne, sur laquelle nos bons ayeux, les Gaulois, avaient consacré un temple au Dieu Mars. Cet édifice n'existe plus, et la Religion du Christ substitua un Couvent de Nonnes aux Autels du Démon de la Guerre. Ce fut dans cet asyle de Vierges du Seigneur que se réfugia la Discorde. Elle y convoqua les Etats-Généraux des Aristocrates, et y appella toutes les Divinités ennemies du repos de la France.

A sa voix, l'on vit entrer, dans une des salles de l'Abbaye de Montmartre, le superbe Orgueil et l'adroite Politique, suivis de la Noblesse, leur fille chérie. Après eux, venait, à pas lents, la lourde Stupidité, à qui l'Esclavage offrait le bras ; ils précédaient l'Ignorance et le Préjugé, qui s'applaudissaient d'avoir donné le jour à

C

l'Église (1) ; à leur suite marchaient la basse
Flatterie, accoutumée à vivre dans le Palais des Rois ; l'affreuse Chicane, au cou
tors et aux doigts crochus ; la Médisance ;
l'Avarice et la Prodigalité, sa sœur ; la
Tyrannie, qui porte un sceptre de fer ;
l'Oisiveté, mère de tous les vices ; la Ca-
lomnie, fille du Mensonge ; la doucereuse
Hypocrisie ; l'odieux Parjure ; et enfin, la
Vengeance qui se nourrit de sang et de
carnage. Tous prennent place, et tous se
lèvent, quand la Rage, qui était le Cer-
bère de cette Assemblée, leur annonce les
Aristocrates de Versailles.

ILS entrent, et les Divinités, à leur aspect, témoignent leur joie par des battemens
de mains qui font trembler tout Montmartre.

ALORS la Discorde, Présidente née du
sublime Aréopage, se léve, et ayant fait

_____

(1) Par ce mot *Eglise*, on n'entend point ici
la *Religion*, mais *l'Esprit des Ecclésiastiques mo-
dernes*.

trois fois entendre la voix argentine de sa
sonnette, elle s'exprime en ces termes :

« ARISTOCRATES ! c'est au nom de ces
« Divinités, assises à mes côtés, que je
« vous adresse la parole. Toutes m'ont
« chargée de vous peindre leurs sentimens,
« et je vais tâcher de me rendre digne d'un
« pareil honneur.

« IL est bien doux pour nous, chers fa-
« voris, de vous rassembler tous sur ce
« mont sacré. Si quelque chose manque à
« notre bonheur, c'est la présence de cinq
« de nos plus fidèles Sujets. L'adroit Ca-
« lonne, fier d'avoir préparé de loin l'abîme
« où la France est plongée, se repose en
« Albion à l'ombre de ses Lauriers ; Brienne
« est errant dans les Provinces Transalpines ;
« et le destin, jaloux des services que La-
« moignon pouvait nous rendre, vient de
« nous le ravir. Mais le prudent Flesselles
« et le valeureux Delaunai nous restent
« encore. Nous avons confié la défense de
« la Bastille au dernier ; et l'autre est chargé
« d'amuser le peuple jusqu'à l'entière exé-
« cution de nos projets. Mais hélas ! qu'est

« devenu ce tems où à notre voix les Sou-
« verains massacraient de sens froid leurs
« sujets ? Règne de Charles IX, que ne re-
« venez-vous ? Nous aurions en une seule
« nuit terminé tous nos travaux. Mais ne
« comptons point sur un tel bonheur. Le
« destin, pour notre désespoir, vous a
« donné un Roi qui a la sotte manie de
« chérir son Peuple.

« En dépit de nous et de vous, Louis
« règne encore. Vingt fois nous avons tenté
« d'arracher de son cœur les semences de ces
« minuties que le vulgaire a nommé vertus.
« Nos efforts ont été inutiles. Et ce qui
« doit mettre le comble à notre juste rage,
« c'est de voir que les Français lui pro-
« diguent les noms de *bienfaisant*, de *Roi*
« *Populaire*, *Roi Citoyen*, et *Père des*
« *Peuples* ; noms, que pour nous déses-
« pérer, il ne mérite que trop. Il ose même
« se mettre du parti des Communes et les
« défendre contre la prétendue tyrannie de
« la Noblesse et de l'Eglise réunies ! Quoi !
« Vous le souffririez, Aristocrates ? Vengez-
« vous de l'outrage qu'il vous fait ! Perdons-
« le dans l'esprit de son Peuple ! J'ai pour

« cet effet un plan qui a été dressé par la
« Vengeance et la Stupidité, et que je vais
« vous communiquer dans un instant.

« DEPUIS long-tems nous avons noirci
« Antoinette aux yeux de tous les Français.
« C'est une des actions dont nous devons
« le plus nous applaudir. Car enfin, jugez
« combien il nous a coûté de peines pour
« faire détester de toute une Nation une
« Reine jeune, aimable et belle, qui devait
« naturellement être l'Idole de ses Peuples ?
« Nous lui avons gratuitement prêté des
« vices. Nous avons contr'elle vomi les écrits
« les plus obscènes, et nous avons eu le plai-
« sir de voir ces libelles trouver des lecteurs
« dans tout le Royaume.

« JE sais que d'Orléans vous est suspect,
« que vous craignez sa popularité, et que
« vous voudriez le voir bien loin de vos
« Provinces. Mais rassurez-vous. Il n'est
« pas besoin de nos efforts pour le rendre
« odieux à sa Patrie. D'Orléans travaille
« lui-même sourdement à mériter la haine
« d'un Peuple qui le regardait comme son
« unique appui.

C 3

« IL est un Ministre, honnête homme,
« aimant les Français autant qu'il en est
« aimé, et possédé de la fureur de servir
« loyalement un Roi qui se donne les airs
« d'être clément et juste ; un tel Ministre,
« dis-je, ne pouvait que vous gêner par sa
« présence. J'ai prévu le coup, je viens de
« le faire renvoyer.

« VOILA ce que nous avons fait pour
« vous, Aristocrates. C'est à vous de finir
« notre ouvrage. Mais je vais auparavant
« vous tracer le plan dont je vous ai parlé ».

EN ce moment la Discorde toussa,
cracha et se moucha, les autres Divinités
et les Aristocrates imitèrent leur Présidente ;
et moi, je vais profiter de cet instant de
silence pour me reposer. Ce ne sera que
dans le chant suivant que l'on verra la
suite de cette séance.

CHANT VI.

ARGUMENT.

Suite du discours de la Discorde. Broglie est nommé Général de l'Armée Aristocratique. Son remerciement. Il demande la bénédiction de l'Église qui la lui accorde, à la prière de la Stupidité. Les Etats de Montmartre se dispersent. L'Armée du fauxbourg Saint-Marceau se présente devant Saint-Lazare. Capitulation qui n'a pas lieu par l'imprudence d'un jeune Frère.

FUNESTE amour de la Gloire! pourquoi viens-tu m'arracher à ma paresse? Sans toi je goûterais encore les doux plaisirs d'une aimable oisiveté. Je ne m'occuperais qu'à festoyer ma belle amie : mais tu es jaloux de mon repos, je le vois. Tu me peins les hauts faits des Aristocrates. Me les peindre, c'est me forcer de les chanter ; et les chanter, c'est voler à la Gloire ; car on ne pourra disconvenir que ma plume ne soit digne de leurs exploits.

« Il faut, continua la Discorde, que
« Paris soit réduit en cendres ; il faut im-
« moler jusqu'au dernier de ses habitans,
« mettre le Royaume à feu et à sang, et
» répandre en tous lieux que tels sont les
« ordres du Roi. C'est le seul moyen de
« lui aliéner tous les cœurs, et de conser-
« ver vos privilèges que l'on veut si injus-
« tement vous ôter. Trente mille hommes
« sont aux portes de la Capitale, prêts à
« tout oser. Vous trouverez, sur la pente
« de cette colline, trois plattes-formes, dé-
« corées de deux cens canons et autant de
« mortiers qui doivent détruire Paris en
« moins de deux heures. Faites avancer
« l'Armée, emparez-vous de ces batteries
« et disposez-vous à commencer l'attaque.
« Tous les Citoyens de la Capitale sont
« déjà sous les armes, mais n'ayez aucun
« effroi ; je vous donnerai le moyen de les

« tuer sans combattre. Quand le Soleil se
« sera pour la troisième fois plongé dans le
« sein d'Amphitrite, vous entendrez le
« signal du carnage ; il vous sera donné
« par cent bouches de feu que j'ai placées
« moi-même sur les tours de la Bastille.
« Dès que cette Ville orgueilleuse sera abî-
« mée avec ses habitans, je vous dirai ce que
« vous aurez à faire. Mais je vous promets,
« foi de Discorde, que vous élèverez l'A-
« ristocratie sur les débris du Trône. Allez
« et obéissez à Broglie. Nul ne peut mieux
« remplir la place de Général, que vous
« lui aviez déjà donnée. »

A ces mots, Broglie se lève, et s'incli-
nant trois fois, pour saluer la respectable
Assemblée, il dit : « En quels termes pour-
« rai-je vous remercier, Divinités incom-
« parables, de l'honneur que vous me
« faites, en me nommant Chef d'une Ar-
« mée dont le moindre Officier vaut, à lui
« seul, ce que l'Antiquité a produit de plus
« célèbre ? Tout indigne que j'en suis,
« j'accepte cette dignité dont vous me dé-
« corez si galamment. Oui, je me fais un
« devoir, aimable Discorde, de suivre

« scrupuleusement le plan que vous m'avez
« tracé. J'y reconnais l'heureux génie de
« la Vengeance et la profonde sagesse de
« la Stupidité. Mais avant de vous quitter,
« pour me mettre à la tête de mes Trou ·
« pes, permettez-moi de demander à l'É-
« glise sa sainte bénédiction. Alors, lavé
« de mes péchés véniels et mortels, je
« verrai le Ciel protéger mes Armes. »

La Stupidité, flattée du petit compliment que Broglie venait de lui faire, lui
répondit, avec une petite grimace, qu'elle
donnait pour un doux sourire : « Général,
« vous demandez une chose qui me plaît
« très-fort, quoique raisonnable; et l'Église,
« qui est toujours de mon avis, va vous
« l'accorder, »

Alors l'Église, conduite par l'Archevêque de Lyon et l'Évêque de Tréguier,
s'avança vers le milieu de la Salle : là elle
reçut à ses pieds le nouveau Général, que
soutenaient l'Abbé de Calonne et l'Abbé
Maury. Après la formule de prière, usitée
en pareil cas, elle lui donna sa bénédiction.

Dès que cette cérémonie fut faite, on se sépara. Les Divinités se répandirent dans tout le Royaume, et les Aristocrates reprirent la route de Versailles. Mais il est tems de revenir à Paris, et de dire ce qui se passa au fameux siège de Saint-Lazare.

La Ligue Aristocratique n'avait point, ainsi qu'on le publiait, fait son arsenal de ce Monastère. C'était un bruit qu'avait répandu la Politique, pour armer le Peuple contre les enfans du bienheureux Vincent de Paule, et exposer ces bons Pères à toutes les horreurs d'une Ville prise d'assaut.

Déja les deux Armées combinées du fauxbourg Saint-Marceau et de la place Maubert avaient passé la porte Saint-Denis. L'on admirait et l'on tremblait, en voyant ces terribles Guerriers qui marchaient dans le plus beau désordre possible. Ils n'avaient point de ces épées brillantes à poignées d'acier, ni de ces pistolets damasquinés que Sykes et Granchez étalent fastueusement dans leurs boutiques. Des bâtons noueux, des haches, des torches ardentes, des ser-

pettes ; voilà quelles étaient leurs armes,
voilà les instrumens avec lesquels ils allaient
en ce jour se couvrir d'une gloire immortelle. Ils avaient choisi pour Chef l'intrépide
Robustin, qui passait, avec raison, pour
le plus bel ornement de la rue Mouffetard.

Arrivé devant Saint-Lazarre, il range
son Armée en bataille et la divise en trois
corps. Il donne le commandement du premier au vaillant Chifflard qui, après s'être
long-tems promené dans les différentes cheminées de la Capitale, est enfin parvenu à
la dignité de Facteur à la Vallée. Il lui prescrit de faire le blocus du Jardin. L'indomptable Michel, à la tête du second corps,
est chargé d'attaquer cette superbe Maison
du côté de la rue de Paradis. Et Robustin,
se réservant pour lui le troisième, inspire
à ses Soldats le courage dont il est animé.

Il s'avance fièrement vers la porte extérieure du Monastère. D'après le refus que
l'on fait de la lui ouvrir, il la jette à bas
d'un coup de sa redoutable massue. Il entre
dans la première cour, suivi de sa Troupe

et au milieu de ses deux Aides-de-Camp :
c'étaient le robuste Jérome , qui reçut le
jour dans la rue Transnonain , et Nicolas le
Chiffonnier : il fait des propositions de paix.
Tandis qu'on parlementait de part et d'autre, la Discorde, qui craignait de perdre
cette occasion de se signaler , s'approche
d'un jeune Frère qui , appuyé sur sa fenêtre , restait tranquile spectateur de ces
différends, et lui inspire l'affreux dessein
de tout brouiller.

MALHEUREUX Novice ! que fais - tu?
tu payeras cher ta fatale imprudence ! Ta
main, conduite par l'aveugle Déesse , s'empare d'un de ces vases où l'on enferme le
superflu de la boisson, et tu le fais voler
imprudemment par la croisée. La liqueur
odoriférante inonde, en tombant, Robustin
et ses deux acolytes.

Dès ce moment, tout est rompu. Les
Soldats s'écrient que l'on a violé le droit
des gens, qu'il faut venger l'outrage fait à
leurs Généraux; et ils s'apprêtent à tout
ravager.

CHANT VII.

ARGUMENT.

Siège de Saint-Lazare. Pillage de la Bibliothèque. Mort héroïque du Père Athanase. Description d'un souterrein où Robustin descend avec sa Troupe. Ce qui s'y passe entre les Soldats, les Lazaristes et les Nonnes.

Il est cruel de ne pas avoir de maîtresse! Mais il l'est bien davantage, en ayant une, de la voir passer entre les bras d'un Vainqueur effréné, qui vous force d'être spectateur bénévole de ses farouches transports! C'est une vérité dont on sera mieux convaincu, lorsqu'on aura lu ce qui suit.

Bientôt les Lazaristes sont repoussés jusques dans leurs derniers retranchemens.

Rien ne résiste à l'impétuosité des compagnons de Robustin. Ils s'emparent en un clin d'œil des trois premières cours, et par-tout ils portent et le fer et la flamme.

A l'exemple de leur Général, Chifflard et les siens faisaient des prodiges de valeur. Déjà le potager était ravagé, le verger dépouillé de ses fruits, le moulin abattu, les écuries incendiées; et ils montaient dans les greniers, quand Michel, apprenant les glorieux succès de ses deux confrères, se tourne vers sa troupe et lui dit : « nous « tiendrons-nous ici les bras croisés comme « des maroufles; tandis que là-bas il s'en « donnent à gogo? Jour de Dieu! je veux « qu'on m'étouffe, si je n'extermine pas « ces maudits Calotins. Allons, suivez-moi, « et qu'il ne soit pas dit que nous soions « ici venus pour des prunes. »

Après cet éloquent discours qui eut fait honneur à Démosthènes, Michel grimpe sur les épaules de deux de ses camarades, s'attache aux créneaux de la muraille et l'escalade sans peine. Son exemple est suivi par cinquante des plus déterminés. Ils tra-

versent les corridors en jetant des cris ef-
froyables. Une porte, artistement travaillée,
se trouve sur leur passage. Ils croient que
c'est celle du trésor, et l'enfoncent. Mais
quelle est leur surprise de n'appercevoir
que des livres dans un lieu qu'ils se figuraient
rempli de richesses immenses! Outrés de se
voir trompés dans leur attente, ils font
tomber leur rage sur l'infortunée Bibliotêque, et jettent par les fenêtres plus de
mille volumes qui voient le jour pour la
première fois.

Le Père Athanase, dont l'Oratoire était
voisin de la Bibliotêque, entend ce bacca-
nal et veut en savoir la cause. Il se traîne,
à l'aide de sa béquille, aux lieux où se
commettait le désastre. Il voit les livres saints
qu'on foulait irréligieusement aux pieds. Il
ne peut retenir sa juste indignation. Il apos-
trophe ces profanes ; et ces profanes, pour
prix de son zèle apostolique, lui font voler
à la tête les ouvrages des Saints-Pères. La
Providence semble quelque tems le soustraire
au sort qui l'attend. Aucun de ces livres ne
le frappe. Soudain Barnabé, qui jamais ne
sortit de son grabat sans avoir bu ses six
poissons

poissons d'eau de vie, se saisit de *la somme de Saint-Thomas*, la balance un moment entre ses mains, et vous l'envoie avec vigueur droit à l'estomach du Révérend qui roule le long de l'escalier avec l'énorme volume, et meurt en bénissant le St. , sous l'ouvrage duquel il a le bonheur d'être assommé.

CEPENDANT le désordre était au comble dans cette maison. Elle n'était plus dans ces tems fortunés où elle s'énorgueillissait de posséder l'incompréhensible Auteur de *Figaro*. Ses habitans, jadis si tranquilles, fuiaient de toutes parts, et par-tout ils trouvaient de nouveaux dangers. Robustin les poursuivait sans relache. Enfin excédé de fatigue, et entraîné par son goût pour le jus de la treille, il court dans la cave avec sa troupe. Un petit escalier, mieux arrangé que les autres, lui donne quelques soupçons; il le descend. Il arrive dans un sallon, éclairé de cent bougies. Une table, bien servie, était au milieu. Là, éloignés de tout bruit et à l'ombre du Mystère, vingt Lazaristes et autant de gentilles Nonnettes se livraient sans scrupule au double plaisir de la bonne chère et de l'amour.

D

LA vérité, pour laquelle jai conçu la passion la plus désordonnée, m'a fait une loi de ne jamais mentir. Aussi je me pique d'une rigoureuse exactitude, et l'on ne pourra me reprocher le plus petit mensonge dans le cours de ce Poëme intéressant. Je dois donc apprendre à tout l'Univers, qui sans doute me lira, quel était ce souterrain où il se passa des choses si surprenantes.

SAINT-VINCENT de Paule l'avoit fait construire pour y refugier ses enfans, les pauvres et les malades, durant les troubles de la Fronde. Mais tout dégénère avec le tems. Les successeurs du Bienheureux conduisirent cette allée souterraine jusques dans le couvent des Sœurs de la Charité, leurs voisines; et toutes les nuits les pieux Anachorettes vont oublier les soins de l'Apostolat dans les bras de ces chastes Vestales qui de leur côté quittent sans regret leurs malades pour des Moines qui se portent bien.

L'ARRIVÉE inattendue de Robustin et de ses soldats, à l'œil farouche, répand la terreur dans ces beaux lieux. La table, les

révérends, leurs pudibondes compagnes,
tout est mis au pillage. Robustin, en sa
qualité de Général, se saisit de la plus jolie
d'entre les Nonnettes. Les soldats suivent
l'exemple de leur Chef. Envain les Lazaristes
veulent s'opposer à ce désordre, on ne leur
répond que par des coups de poing. Et
ces malheureux Cénobites, d'acteurs qu'ils
étaient, sont obligés de se restreindre au
simple rôle de spectateurs. Bientôt les voûtes
retentissent des rugissemens amoureux des
compagnons de Robustin, et bientôt ils
ont suivis des cris demi-doux, demi-plain-
tifs de ces belles Recluses, qui, pour sauver
les Lazaristes, s'immolent volontairement
dans les bras nerveux de ces Messieurs du
faubourg St. Marceau.

CHANT VIII.

ARGUMENT.

Crisostome arrive à Saint-Lazare et descend dans le fameux souterrain : il y tue un Soldat qui commettait près d'un jeune Frère une action aristocratique. Il assemble ses Troupes et les conduit à l'Hôtel-de-Ville. L'Amour et le Génie de la France vont sur les Montagnes de la Suisse chercher la Liberté qu'ils amènent à Paris, Les Electeurs siégent à l'Hôtel-de-Ville. Les Districts se forment. Crisostome demande des armes. Réponse de Flesselles. Patrouilles et illuminations.

VIERGES du Seigneur ! timides colombes !
quel mortel est assez audacieux pour se

glorifier d'avoir eu part à vos faveurs? Non,
jamais un homme du monde n'a joui de ce
bonheur ineffable. Il s'en vanterait bientôt,
le profane! et vous aimez à couvrir vos
saintes faiblesses des ombres du mystère.
Sages Abbés, prudents Directeurs, Cénobites discrets, voilà les heureux que vous
recevez dans vos cellules. Il est vrai que par
fois certains Moûtiers ont été forcés de se
relâcher de leurs principes austères. L'aventure des Sœurs de Saint-Lazare avec les
Adonis de la rue Mouffetard en est la preuve.
Mais c'est un extraordinaire sur lequel vous
ne devez pas compter, augustes Nymphes.
Vous ne goûtez pas tous les jours les plaisirs
d'un viol trop souvent desiré.

CRISOSTOME a bientôt franchi l'espace qui sépare le Palais-Royal et Saint-
Lazare; il voit les horreurs qui se com-
mettent dans ce Monastère, il en gémit.
Sa présence, et plus encore, son éloquence,
à laquelle rien ne peut résister, mettent un
frein à la fureur aveugle des pillards. Tous
se rangent au-tour de lui, et tous se re-
pentent des excès qu'ils ont commis. Tel
le divin Neptune, lorsque les vents déchaînés

se répandent sur le vaste sein des mers, les fait, d'un seul coup d'œil, rentrer dans leur caverne obscure; ou tel jadis le sage Nestor appaisait les querelles qui renaissaient sans cesse dans le camp d'Agamemnon.

Pendant que Crisostome cherchait à ramener le calme à Saint Lazare, le fameux souterrain était toujours le théâtre des exploits de Robustin et de sa Troupe. Un de ses Lieutenans, c'était Mathieu, connu de tout Paris par son talent à raccommoder la fayance cassée, voyant tous ses camarades sérieusement occupés avec les gentilles Nonnettes, voulut aussi trouver quelqu'un à qui parler. Il s'approche du Frère Agathon; Agathon que l'on eût pris pour l'Amour, sous l'habit d'un Lazariste, et qui devait à sa beauté l'estime et l'amitié des anciens de l'Ordre. Mathieu le prend rudement par le bras. Agathon, effrayé d'un geste aussi brutal, veut se défendre : mais en tombant, il entraîne dans sa chûte le terrible Soldat qui, insensible aux attraits qui brillent sur la figure du Frère, portait son admiration vers un autre côté. Dans ce moment Crisostome arrive dans le souterrain. La première chose qui lui frappe les yeux est l'action aristocratique de Mathieu. Dans sa colère, il tire son épée et la passe précisément dans le même endroit que Mathieu serrait de si près au Frère Agathon.

CETTE louable action est applaudie de tous les Lazaristes, et leurs applaudissemens réveillent les chastes Nymphes de leur évanouissement. Confuses de se voir surprises dans un pareil désordre, elles font mille efforts pour se dégager des bras de leurs chers vainqueurs. Crisostome, qui partage l'embarras de ces aimables filles, car il était galant et bien élevé, ordonne à ses Soldats de passer dans la pièce voisine, et fait un beau sermon pour engager les Grenadiers de Robustin à laisser enfin reposer les compagnes de leurs plaisirs. Mais son sermon est sans effet. Tous étaient ivres; tous, accablés des fatigues de l'Amour, dormaient dans une position où un galant homme n'est jamais trop éveillé. Crisostome, secondé des révérends Pères, débarrasse les Nonnes de leurs précieux fardeaux. Elles lui font, en rougissant, une petite révérence bien gracieuse, et lui proposent de leur laisser emporter dans leur infirmerie ces vigoureux guerriers qui n'avaient plus la force de se soutenir. Il ne peut se refuser à une demande aussi juste, remonte dans les cours, assemble ses Soldats et prend le chemin de l'Hôtel-de-Ville.

L'Amour, qui voltigeait alors au-dessus de Paris, voit les malheurs dont cette superbe Capitale est menacée; son cœur sensible en est ému. Il se présente chez le Génie de la France et lui dit : « Tu dors, « Génie, et tes infortunés sujets vont être « victimes de leur zèle patriotique. Une « ligue audacieuse, formée par la Discorde, « l'Orgueil et la Stupidité, va plonger « la France dans la plus affreuse servitude, « et tu restes dans un lâche repos. Allons, « réveille-toi; et viens arracher les Fran- « çais au malheureux sort qui les attend. « Hélas ! lui répond le Génie, les Grands « et les Ministres de cet Empire me per- « sécutaient depuis long-tems, et enfin ils « ont fini par me chasser. J'aime le Peuple « Français ; je ne désire rien tant que son

« bonheur, mais je ne puis rien pour lui
« dans cette circonstance, si la Liberté ne
« me prête son secours. »

Aussi-tôt l'Amour et le Génie de
la France vont chercher la Liberté qu'ils
rencontrent sur une des Montagnes de la
Suisse, et lui exposent le sujet de leur
visite. « Jusqu'à présent, leur répond la
« Déesse, je me suis contentée de plaindre
« les maux du premier Peuple de la terre,
« sans daigner les soulager. J'attendais tou-
« jours qu'il m'appellât pour voler à son
« secours. Puisqu'enfin vous m'assurez que,
« secouant le joug de la Tyrannie, il jure
« de combattre sous mes drapeaux, je
« vais me montrer dans Paris, et les
« Français ne se repentiront point de m'avoir
« appellée. » Elle dit, et suivie des deux
autres Divinités, elle arrive dans la Capitale.

A sa voix, les soixante Districts se forment, les Citoyens prennent les armes; on
travaille aux barricades, et les trois cens
Electeurs, précédés du Prévôt des Marchands, vont siéger à l'Hôtel-de-Ville.

En ce moment, l'on voit entrer dans la place de Grève Crisostome et les vainqueurs de Saint-Lazare. Ils sont suivis de ces braves Gardes-Françaises, qui amènent avec eux leurs canons et leurs drapeaux, et jurent en présence du Peuple de ne s'en servir que contre les ennemis de la Nation.

Crisostome passe en revue toutes ces Troupes. Il voit avec douleur que la plupart des Citoyens sont mal armés, que Paris est dans un grand péril et que les Aristocrates sont au Champ-de-Mars. Il monte à la Ville. il demande des armes et des munitions. Flesselles, qui présidait le Sénat de la France et qu'alors on croyait digne du poste éminent qu'il occupait, dit à Crisostome qu'il ne peut lui donner ce qu'il demande qu'avant la fin du jour qui suit. Cette réponse, dictée par une Politique maladroite, ne satisfait point l'impatience du héros. Il congédie les divers pelotons de son Armée, et les envoie chacun dans leurs Districts, pour se préparer à une vigoureuse défense, et la nuit arrive.

Déja les patrouilles sont commandées ;

déjà toutes les rues sont illuminées, et les cordons de feu, qui bordent toutes les maisons de la Ville, semblent annoncer une fête. C'en était une réellement, c'était celle de la Liberté qui allait pour jamais se fixer dans la France.

CHANT IX.

ARGUMENT.

Crisostome va chez Pétronille et la suit dans son boudoir. Arrivée de l'oncle de la Belle. Il engage Crisostome à devenir Aristocrate. Belle réponse du héros. Prise des Invalides. Évacuation du Champ-de-Mars. Petit conciliabule chez la Polignac.

SOLEIL ! lorsque le Mardi 14 Juillet 1789 tu quittas l'humide sein de Thétis, pour répandre ta chaleur bienfaisante sur toute la Terre, on dit que tu recommandas à tes chevaux d'aller au petit pas. Tu voulais avoir le loisir de bien examiner ce qui allait se passer sous tes yeux. Tu ne reculas pas d'horreur, comme au festin d'Atrée. Tu ne restas point immobile, ainsi que tu fis jadis aux Plaines Idumées, pour donner au bon Josué le tems de fustiger ses ennemis. Tu ne rebroussas pas chemin, comme lorsque tu rendis ce service au vaporeux Ezéchias. Mais tu voulus te distinguer par une espiéglerie d'un nouveau genre Tu étais content de notre Révolution, et tu en témoignas ta joie par cinq ou six petits entre-chats bien cadencés, que remarqua le fameux Delalande, lui qui prédit si bien la chûte des Comètes qui n'ont pas la complaisance de tomber pour faire honneur à la science du célèbre Astronóme.

CRISOSTOME, qui avait patrouillé (1) toute la nuit, courut dès le matin chez sa chère Pétronille. Il ne l'avait point vue depuis vingt-quatre heures, et lorsqu'on aime, vingt-quatre heures sont des siècles. A son aspect, Pétronille prend un air de dignité, et feint de ne pas le reconnaître. Elle ne voit en lui qu'un rébelle, qu'un

---

(1) Terme nouveau qui veut dire, *faire patrouille*.

homme qui porte les armes contre un parti
auquel sa naissance la force d'être attachée.
Elle ouvre la porte de son boudoir, croyant
que Crisostome n'aura pas la hardiesse de
l'y suivre ; mais il y entre avec elle. Il était
guerrier, et par conséquent, très-entrepre-
nant. Il se jette à ses genoux ; elle détourne
les yeux ; et du ton le plus passionné, il lui
dit : « Pourquoi me fuir ? pourquoi ne pas
« vouloir m'entendre, adorable guérite où
« mon cœur se plaît à faire sentinelle ? »

Cette tournure de phrase paraîtra peut-
être étonnante , mais Crisostome croyait
pouvoir se la permettre. Comme militaire ,
il se servait des termes de son art. Et qui
ne sait qu'une Révolution dans les idées et
le Gouvernement d'un Peuple , en amène
nécessairement une dans ses expressions ?

Pétronille ne répondit rien au beau
compliment de son doux ami. Elle se con-
tente de lui jeter un tendre coup d'œil ,
en se laissant tomber nonchalamment sur
son ottomane. Crisostome s'assied près
d'elle. Ils commencent par se faire de vifs
reproches sur la diversité de leurs opinions,

et bientôt ils oublient qu'ils sont d'un parti opposé.

THOMAS DE LA VERDURE , oncle de Pétronille , arrive en ce moment ; et sans se faire annoncer, il ouvre indiscrétement la porte du mistérieux boudoir. Il apper-çoit la belle dans une posture où un oncle n'aime point à trouver sa nièce. Il entre dans une colère terrible , qui augmente encore , lorsqu'il voit sur le chapeau de Crisostome briller la cocarde nationale. « Nièce indigne de tes ancêtres , dit-il à « Pétronille, est-ce ainsi que tu profites « des sages leçons que je t'ai données ? « Tu sais que je ne t'ai jamais contrariée « dans tes plaisirs , mais j'ai toujours voulu « que l'objet de ton amour fût d'un rang « illustre , et qu'il pût répandre un nouvel « éclat sur ma famille. Cependant , par « faiblesse pour toi, je t'ai laissé Crisos-« tome : j'espérais qu'il s'en rendrait digne « et qu'il se rangerait du côté de l'Aristo-« cratie dont je suis le Recruteur en « chef. »

PÉTRONILLE , interdite et confuse ,

n'osait lever les yeux sur son oncle, mais son Amant, plus fier, et inspiré par son amour pour sa Patrie, parle ainsi à Thomas. « Je sens tout le prix des bontés que « Pétronille a eues et aura toujours pour « moi. Mais croyez-vous que j'en sois in- « digne, parce que je défends les droits « de la Liberté contre les attentats de la « Tyrannie ? Détrompez-vous, la Verdure, « si vous croyez m'arracher à mon devoir, « et songez bien que si vous n'étiez pas « l'oncle de votre nièce, vous seriez la « première victime que j'immolerais sur « les Autels de la Démocratie. — Tout beau, « mon cher ami, lui répond Thomas, « pourquoi vous emporter mal-à-propos ? « Je veux vous remettre dans le bon che- « min. Passez du côté des Aristocrates, et « les honneurs pleuveront sur vous. Par « mon crédit, celui de ma sœur, Cuné- « gonde de la Verdure, femme de charge « chez la Duchesse de Polignac, et la « protection de mon cousin, Babilas troi- « sième du nom, Coureur chez le Comte « d'Artois, vous pourrez parvenir un jour à « la place de valet de garde-robe. Il est « beau d'être à la Cour, n'importe sur quel
pied.

« pied. Réfléchissez bien , Crisostome :
« soyez Aristocrate, ou plus de Pétronille
« pour vous. Envain vous voulez me sé-
« duire par vos offres brillantes , lui dit
« Crisostome , je n'en suis point la dupe.
« Pétronille m'est bien chère , mais je ne
« trahirai point pour elle mon serment et
« ma Patrie. »

Cette conversation est interrompue
par la duègne de la belle, la respectable
Véronique, qui vient leur annoncer la prise
des Invalides et celle de l'Ecole Militaire.
« Quoi ! s'écria notre héros, mes Conci-
« toyens ont déjà fait aujourd'hui deux
« siéges, et Crisostome n'y était pas ! ils
« se couvrent d'une gloire immortelle , et
« moi, je passe ici mon tems à babiller !
« Ah ! courons réparer des momens perdus
« pour la Nation. » Envain Pétronille et
Thomas veulent le retenir , il s'échappe de
leurs bras ; il part, il est déjà parti.

Tandis que le Génie de la France et
la Liberté appellaient aux combats les gé-
néreux Parisiens , l'Orgueil et la Stupidité

E

rassuraient les Aristocrates sur les événemens de la Capitale. Toutes les communications étaient coupées entre Paris et Versailles. Les ennemis du bien public, trompés par les promesses de leurs Dieux tutélaires, se croyaient sûrs de réussir dans leurs abominables projets. Ils se figuraient les Parisiens en désordre, sans chefs, sans armes, et incapables de leur opposer la moindre résistance. La déroute de l'Armée de Besenval, campée au Champ-de-Mars, ne leur avait point ouvert les yeux. Ils venaient d'en confier les débris à l'infâme Broglie; et ces Troupes, dispersées dans les plaines de Saint-Denis, attendaient les ordres de leur Général, pour s'approcher de nos murs.

Voulant se concerter sur ce qu'elle doit d'abord entreprendre, la horde aristocratique s'assemble chez la Polignac. Dans ce noir conciliabule, vingt avis sont ouverts, vingt projets proposés, et l'on ne décide rien. Il semble que la Discorde, qui préside elle-même à toutes ces Assemblés, infecte de son haleine impure ses chers

favoris , et que cette infernale Déesse
ait secoué son fatal flambeau sur ceux
qu'elle voulait éclairer de ses lumieres.

CHANT X.

ARGUMENT.

La Liberté assemble les Parisiens et les conduit à la Bastille. Siége de cette Forteresse. Le Despotisme combat pour les Assiégés, et la Liberté pour les Parisiens. Elle dirige les batteries des Patriotes contre la tour sur laquelle se défendait le Despotisme, qui tombe, écrasé sous les ruines. Prise de la Bastille. Morts de de Launai et de Flesselles.

DIVINE Liberté ! tu fus le premier bien que le Ciel accorda aux hommes , et le premier qu'ils perdirent ! Un peuple sera libre, dès qu'il voudra l'être. Le nombre des oppresseurs est petit, et celui des opprimés est innombrable ; et lorsque ceux-ci se réuniront pour écraser les premiers , les tyrans ne seront plus. Les Suisses , sous la conduite de Guillaume Tell , jettent leurs chaînes sur la tombe du barbare Grizler. Les Bataves secouent le joug du sanguinaire et dévot Philippe II. Les Anglo-Américains , par la valeur de Wasington et de la Fayette , forcent leurs oppresseurs à repasser les mers ; et ce même la Fayette , après avoir appris en Amérique à détruire les tyrans , est maintenant la terreur de ceux de sa Patrie. Tels sont tes bienfaits , auguste Liberté ! On sacrifie tout pour toi , jusqu'à la vie même. Déjà l'Europe commence à suivre l'exemple des Français. Déjà les Brabançons brisent le sceptre de fer que le tyrannique Joseph II tenait levé sur eux. Bientôt toute l'Allemagne imitera le Brabant. Bientôt l'Espagne et le Portugal renverseront ce tribunal odieux , élevé par l'Ignorance et le Fanatisme ; bientôt enfin l'Europe sera libre , les tyrans détruits et les peuples heureux. O Liberté ! ce fut toi qui inspiras nos héros , comme on va le voir dans ce dixième chant.

L'auguste Déesse dirigeait elle-même
les travaux des Français qu'elle venait d'a-
dopter pour ses enfans. Par ses ordres, de
formidables batteries étaient placées à nos
barrières, d'épais retranchemens construits,
et les Temples saints convertis en arsenaux
où nuit et jour vingt mille ouvriers forgeaient
des armes. Elle ne pouvait sans frémir jeter
les yeux sur cette abominable Forteresse,
sur la Bastille enfin, le dernier asyle du
Despotisme. Elle sentait qu'elle ne pouvait
rester dans des lieux où son implacable
ennemie avait encore un refuge, et voulut
pour jamais abbattre cet odieux monument
de la Tyrannie. Bientôt les Parisiens sont
animés de son esprit ; tous n'ont qu'un
même désir, tous veulent voler à la Bastille.

Vingt mille défenseurs de la Patrie
s'assemblent sous les drapeaux de la Liberté, son nom est le cri de ralliement.
Ils traînent à leur suite ces canons qui, en-
levés le matin au Champ-de-Mars, devaient
le soir trancher les jours de ceux qui avaient
conspiré contre les nôtres. Guidés par le
Courage, conduits par la Liberté, et jurant

de sacrifier jusqu'à la dernière goutte de leur sang, ils arrivent sous les murs de la Bastille.

MUSE ! plus de plaisanterie maintenant : je vais peindre des objets terribles ; je vais chanter les combats, et songe à bien garder ton sérieux.

DE LAUNAI, Gouverneur de la Forteresse, est sommé de se rendre ; de Launai, qui, chargé par son parti d'aggraver les tourmens des malheureux enfermés dans cet affreux repaire, ne prévoyait pas être un jour obligé d'en soutenir le siège. Il monte sur les tours : Suisses, Invalides, Canoniers obéissent à sa voix. Les Parisiens demandent, à grands cris, qu'on leur ouvre les portes du Fort, et trois coups de canons sont la réponse des assiégés. Alors les Patriotes voient qu'il faut s'attendre à une vigoureuse résistance, et vingt batteries sont dressées. Ils se rendent maîtres des hauteurs voisines et des cours de l'Arsenal. Bientôt le fer et le feu volent de toutes parts. Déjà plus d'un de ces vils Soldats, qui combattent contre les enfans de la Patrie, sont

tombés du haut de ces tours, où ils se
croyaient invincibles; et déjà plusieurs assiégeans ont été les victimes de leur bravoure,
quand on arbore le pavillon blanc.

TROMPÉS par ce piège infernal qu'ils
ne devaient pas même soupçonner, les
Parisiens se présentent en foule aux portes
de la Bastille ; mais vingt canons, braqués
entre les deux ponts, renversent, au même
instant, les plus intrépides. Les autres,
indignés de cette ruse abominable, revolent
à leurs batteries et jurent de venger la mort
de leurs Concitoyens si horriblement mas-
sacrés. Le Despotisme, qui combattait en
personne dans la Forteresse, avait lui-même
dirigé ces canons; et la Liberté, à ce trait
indigne, avait reconnu son odieux ennemi.

ALORS la rage dans le cœur, et traînant
eux-mêmes les instrumens de leur vengeance, les assaillans s'avancent jusqu'au
bord du fossé, et répondent au feu des
laches assassins de leurs frères. Bientôt ils
passent le premier pont; et tandis que du
haut des tours la mort volait sans cesse sur

l'Armée des assiégeans, l'auguste Déesse, qui conduisait les Parisiens, fait jeter dans les fossés vingt voitures de paille humide et y met elle-même le feu. Une épaisse fumée monte aussi-tôt le long des murs et dérobe les Patriotes aux yeux des Satellites du Despotisme. Envain le perfide de Launai fait jouer ses horribles batteries ; leurs boulets mal dirigés se meurent en l'air, et les enfans de la Patrie s'avancent le long des murailles.

Aussi-tôt la Liberté vole de l'autre côté du Fort. Elle apperçoit sur une des tours le Despotisme excitant l'ardeur des assiégés. Elle ne peut le regarder sans horreur, et voulant accabler pour jamais son cruel ennemi, elle dirige contre lui toutes les forces des Patriotes et semble même leur inspirer un nouveau courage.

Déja mille boulets ont ébranlé cette tour orgueilleuse, sur laquelle le Despotisme riait des efforts des Parisiens. Il semblait, par son audace, narguer les Soldats de la Liberté, quand tout-à-coup la tour s'écroule, et le Despotisme tombe

écrasé sous les ruines. « Français, s'écrie
« la Liberté, notre ennemi commun n'est
« plus ! suivez-moi, la victoire est à
« nous, »

Elle dit, et s'avance avec ses Troupes
en face du pont-levis. Elle y voit cette jeunesse intrépide, dont par sa présence elle
augmente encore la valeur. Parmi une
foule de combattans, elle distingue plus
à leurs exploits qu'à leurs grades, les
braves Hulin et Maillard, l'impétueux
Hélie, le hardi Templement et le vaillant
Arné.

Cependant un feu roulant continue
toujours des deux côtés. Rien ne rallentit
l'ardeur des assaillans. Enfin, un de leurs
boulets brise les chaînes du grand pont,
qui tombe avec un bruit terrible. On s'y
précipite, et malgré cent bouches d'airain
qui vomissent au loin le fer et la flamme,
on pénètre sous la voûte. Les assiégés se
défendent encore : on égorge tous ceux qui
s'opposent au passage, et l'on arrive dans
la Bastille. On entre, on délivre les pri-
sonniers, et la Liberté, qui la première

est montée sur les tours , arborre son pavillon au lieu même où flottait celui du Despotisme.

DE LAUNAI cherche à s'échapper. Il veut se soustraire au supplice que mérite son infâme trahison. Arné, l'intrépide Arné l'apperçoit , le désarme et le livre à ses Concitoyens. L'on enchaîne tous les Chefs qui commandaient dans cette abominable Citadelle , et les vainqueurs , traînant à leur suite ces malheureux captifs , vont remettre au Sénat de Paris les clefs de la Bastille. L'Armée victorieuse défile dans la rue Saint - Antoine ; hommes , femmes, enfans célèbrent la gloire des vainqueurs , et témoignent leur joie par des cris d'indignation contre le perfide Gouverneur.

IL arrive à la place de Grêve : le Peuple , impatient ne veut pas que de Launai ait l'honneur d'être condamné par le Sénat. On l'entoure : chacun se dispute la gloire de donner les premiers coups , et l'indigne Gouverneur est écrasé sous les pieds de mille Citoyens.

BIENTÔT le Prévôt des Marchands est convaincu de crime de lèze-Nation. Il est ignominieusement chassé de l'auguste Aréopage où il présidait; et sa tête et celle du Gouverneur de la Bastille vont au bout de deux piques effrayer les traîtres à la Patrie.

CHANT XI.

ARGUMENT.

La Renommée annonce la prise de la Bastille aux Aristocrates. Ils veulent réparer cette perte, en faisant jouer les batteries placées à Montmartre. Ils rencontrent au pied de la montagne la Stupidité, à qui ils avaient confié ce poste. Comment elle s'excuse de l'avoir laissé prendre. Fuite des Aristocrates.

Un grand Poëte nous a peint la Renommée avec deux trompettes : l'une, placée à la bouche, publie les faits héroïques, les vertus sublimes, et les ouvrages avoués d'Apollon ; l'autre, posée dans un endroit qu'il suffit de ne pas nommer pour qu'on

le devine, nous annonce les sottises des
hommes, les banqueroutes et les drames.
Je suis bien sûr que la Déesse emploiait
la première de ces trompettes pour les exploits des Parisiens, et qu'elle se servait de
la seconde pour les bévues des Aristocrates.

SOUDAIN la Renommée répand par
toute la Terre la nouvelle de ces merveilleux événemens. Elle arrive à Versailles et
pénètre jusques dans l'antre où la horde
aristocratique tenait ses noirs conciliabules.
Elle annonce la prise de la Bastille, la mort
de Flesselles et de de Launai. On se regarde,
on est interdit : « Non, dit l'Orgueil, cela
« n'est pas possible. La Renommée se
« moque de nous. Cela n'est pas possible,
« s'écrie la Renommée, piquée de l'apos-
« trophe de l'Orgueil ! Eh bien, croyez-moi
« donc maintenant, quand je vous en donne
« les preuves les plus claires. En voici la
« relation faite par le jovial Cousin Jacques,
« dont le nom sert d'enseigne à la bouti-
« que d'un Marchand de drap (1).» En disant

---

(1) Passage du Cloître Saint-Germain-l'Anxerrois.

ces mots, elle jette sur la table les détails imprimés de la prise de la Bastille. Les Divinités et les Aristocrates y portent les yeux et ne doutent plus de leur malheur.

« Rien n'est encore désespéré, dit la « Vengeance : Montmartre est à nous. La Stu- « pidité s'est chargée de garder ce poste « important. Volons-y ; et pendant que nos » ennemis, éblouis de leurs faibles succès, « se reposent dans les bras du sommeil, « courons à nos batteries et réduisons en « cendres cette orgueilleuse Capitale, qui « croit échapper à notre juste fureur. »

Le Discours de la Vengeance est applaudi avec transport. On cède à son avis, et sans différer davantage, les Divinités et les Aristocrates prennent le chemin de Montmartre.

En partant de Versailles, ils se promettent bien de se venger du Peuple de Paris qui a eu l'insolence de prendre la Bastille ; ils ne parlent de rien moins que de faire de la Capitale un vaste cimetière avant la fin de la nuit, et cette douce pensée les occupe agréablement pendant la

route. Arrivés au pied de la montagne,
ils entendent d'affreux gémissemens. D'a-
bord l'épouvante s'empare de leurs cœurs;
ils n'osent aller plus avant. Mais enfin, faisant
un effort sur eux-mêmes, ils s'approchent
peu-à-peu avec toute leur Armée, et apper-
çoivent la Stupidité qui poussait des hur-
lemens horribles. Quel étonnement pour
les Aristocrates de voir là la Stupidité, elle
qu'ils croyaient auprès de leurs canons!
Broglie questionne sa protectrice; Polignac
et d'Hénin veulent l'aider à se relever. L'Abbé
Mauri, l'Aumônier de la Troupe, vient
voir si elle n'a pas besoin de ses secours.
« Hélas, s'écrie-t-elle, j'ai tous les os cas-
« sés. » Chacun lui demande alors des
détails sur sa déconfiture, et la lourde
Déesse leur parle ainsi :

« J'ÉTAIS là-haut occupée à garder vos
« batteries, comme vous m'en aviez char-
« gée; je ne savais que faire. Pour passer
« le tems, je m'endormis; car le sommeil
« est, après le bruit des cloches et les
« drames, le plus grand de mes plaisirs.
« Soudain je suis réveillée par un bruit
« qui me déchire les oreilles. Je me frotte
les

« les yeux , et je vois les Parisiens qui
« s'étaient emparé de canons. Ils avaient
« tué tous mes Soldats qui s'étaient en-
« dormis comme moi, sans doute pour me
« faire leur cour. Moi, voyant cela , je
« dis des injures aux Parisiens, qui me
« prennent par le bras, et me font dégrin-
« goler du haut de la montagne jusques ici.
« Voyez si ce trait-là est honnête ! Et qu'on
« dise encore que les Français sont ga-
« lans ! Me traiter ainsi ! moi ! une
« femme ! une Déesse ! Hélas, je suis
« toute en compote ! »

« Ah ! dit la Vengeance, c'était bien
« à la Stupidité à qui il fallait confier ce
« poste ! Si l'on m'eût donné Montmartre
« à garder , nous l'aurions encore ! Mais
« la Discorde, notre Présidente, ne sait
« plus ce qu'elle fait. »

Les Aristocrates étouffent de colère,
au récit de la Stupidité : ils voient leurs
complots découverts. Mais bientôt à la
rage succède la frayeur. Ils craignent d'être
poursuivis par les Patriotes, et ils songent
à fuir du Royaume. Ils sentent qu'ils ne

F

pourront échapper à la fureur du Peuple
que par un travestissement heureux. L'un
se déguise en coureur, l'autre en Abbé ;
un troisième en ramoneur. Polignac se
transforme en arracheur de dents, et sa
chaste moitié en donneuse de bonne aventure. Broglie, que ses bévues ont rendu
plus dévôt que jamais, prend le séduisant
costume d'un Capucin. Tous enfin se dé-
guisent, et on les prendrait pour une
troupe de masques qui choisit tout le
Royaume pour le théâtre de sa folie. Enfin, après bien des courses et des détours,
ils arrivent à Péronne où ils se sont donné
rendez-vous.

Ces malheureux, trop occupés de leur
fuite, n'avaient pas eu le tems d'emmener
avec eux la Stupidité. Elle continuait à
pousser des cris épouvantables ; et elle
serait peut-être restée là, sans un Docteur
de Sorbonne qui passait par cet endroit,
et qui, touché du déplorable sort de la
Déesse, la fit monter dans son carosse et
conduire à la Sorbonne.

Mais laissons les Aristocrates qui fuient

de toutes parts, et la Stupidité qui se fait guérir de ses blessures, et parlons de ce qui se passa à Paris, après la prise de la Bastille.

CHANT XII.

ARGUMENT.

Pétronille se déguise en homme, pour aller chercher son Amant. Elle est rencontrée la nuit par une patrouille qui la conduit au District. Pétronille avoue au Président qu'elle est une femme. Quatre Commissaires sont nommés pour s'assurer de la vérité. Crisostome arrive, à la tête d'une patrouille: on lui remet son Amante. La Liberté fait son entrée à l'Hôtel-de-Ville, et pour assurer le bonheur des Parisiens, elle leur donne la Fayette et Bailli.

L'AMOUR se battit un jour avec la Folie qui lui créva les yeux. L'affaire fit grand bruit. Elle fit même la conversation de tous les petits soupers de l'Olympe. Jupiter, qui, en Dieu fort sage, avait défendu les duels, condamna la Folie à servir de guide à l'Amour. Depuis lors, le pauvre aveugle fait faire mille extravagances aux Amans qu'il protège. C'est ce qui doit excuser l'inconséquence de Pétronille, dont je n'ai point parlé depuis long-tems.

CETTE tendre Amante était dans la plus grande affliction. Son oncle, irrité de la voir aimer l'ennemi des Aristocrates, la menaçait de l'emmener à Versailles. Elle craignait que son Amant ne fût un des héros tués à la Bastille. Elle connoissait le courage de Crisostome, son amour pour la Gloire et sa haine pour l'Aristocratie; elle ne l'avait point vu depuis le matin, elle n'en avait pas même reçu de nouvelles. Tout semblait autoriser ses craintes : elle attend la nuit avec impatience; elle veut voler chez son Amant, et confie son projet à la fidelle Véronique, qui lui fait apporter les choses nécessaires pour sa fuite.

CETTE nuit, si ardemment desirée, ar-

rive enfin ; et pendant que son oncle est
plongé dans le plus prodond sommeil, Pétronille se fait habiller en cavalier. « Hélas,
« dit-elle, en passant une culotte casimir
« serin, jadis, et dans des circonstances
« à-peu-près semblables, la triste Herminie
« se déguisa comme moi, pour chercher
« son Amant. Si la Princesse d'Antioche,
« malgré sa grande sagesse, courut par
« monts et par vaux, pour trouver l'in-
« sensible Tancrède, n'en puis-je pas faire
« autant pour mon cher Crisostome ? » Après
deux ou trois soupirs, dont son doux ami
était l'objet, elle fait un nœud à sa cravatte de Mousseline, met un gilet de bazin
blanc, un frac amarante et descend dans
la rue.

Elle est à peine à cinquante pas de
chez elle, qu'une patrouille se présente et
lui crie : *qui vive* ? Peu faite aux usages de
guerre, Pétronille ignore ce qu'il faut répondre à un *qui vive*, et veut poursuivre
sa route, sans rien dire. Soudain on l'ar-
rête, on l'entoure, on l'interroge. Sa beauté,
sa jeunesse, et plus encore, son embarras
donnent quelques soupçons. On croit voir

en elle le digne rejetton d'un des ennemis du repos public. On la place au milieu de trente fusiliers qui, sans égard à la délicatesse de la belle captive, continuent de parcourir les divers quartiers de Paris.

ENFIN, après une marche de quatre heures, la patrouille entre dans son District et conduit le prétendu Aristocrate au tribunal du Président. Il questionne Pétronille qui, les yeux baissés, lui répond modestement qu'elle est une fille. « Cette réponse, « dit le grave personnage, en secouant la « tête, cache quelque mistère. Je vais « nommer quatre Commissaires pour s'as- « surer de la vérité. »

CETTE décision répand l'alégresse parmi tous les soldats du District. Chacun brigue l'honneur d'être Commissaire, chacun fait valoir ses droits pour cette charge d'une espèce nouvelle. « Paix-là, dit le Président, puis- « qu'il en est ainsi, le sort en décidera ».

AUSSI-TÔT mille noms sont écrits sur autant de morceaux de papier et jetés au fond d'un bonnet. Tous les Citoyens, dans

un respectueux silence, attendent les quatre
billets d'où va dépendre leur bonheur.

DÉESSE de la Mémoire! ô sage Mnémo-
sine! pourquoi m'abandonner dans un moment où j'ai si grand besoin de ton secours?
Pourquoi ne pas me donner les noms de
ces quatre mortels fortunés qui, dans un
cabinet discret, s'acquittèrent au-près de
Pétronille du plus doux des emplois? Mais
non; une maligne influence m'empêche de
les connaître et me prive du plaisir de les
transmettre aux races futures.

APRÈS l'examen le plus rigoureux, les
Commissaires ramènent Pétronille devant
le Président. Soudain Crisostome, un des
principaux appuis de ce District, entre dans
l'assemblée, à la tête d'une patrouille. Il
reconnaît son Amante, malgré ses habits
d'homme. Il vole aux genoux de la belle,
qui tombe dans les bras de son doux ami,
et tous deux ne peuvent prononcer que
ces mots, entremêlés de tendres *hélas!
mon cher Crisostome! ma belle Pétronille!*
Cette reconnoissance pathétique attendrit
tout le District : personne ne peut retenir

ses larmes. L'on demande pardon à Crisostome de l'épreuve à laquelle son auguste
Maîtresse a été soumise, et l'on s'excuse
sur la nécessité qui exige ces sages pré-
cautions.

NOTRE héros demande et obtient la
permission de reconduire chez lui sa chère
Pétronille. La belle lui raconte en chemin
toutes les avantures qui viennent de lui
arriver. « Dois-je me plaindre du sort, lui
« dit Crisostome? Ne sais-je pas qu'Agnès
« Sorel essuia de plus grands malheurs en-
« core, lorsqu'elle fut séparée du bon Roi
« Charles VII? Toutes les révolutions sont
« fatales aux Amans ; et moi qui suis un
« des héros de celle-ci, j'aurais tort de
« murmurer, quand le Ciel me favorise
« d'une petite disgrace. »

EN disant ces mots, il arrive chez lui.
Il y laisse sa chère Pétronille, pour la soustraire à la vengeance de Thomas la Verdure, et il retourne à son District où la
gloire l'appelle.

PEU de tems après, Paris est témoin

d'une scène bien différente. Suivie d'un
peuple immense, la Liberté se présente aux
portes de l'Hôtel-de-Ville. Elle est étonnée
de se voir dans un lieu où jamais elle n'a
pénétré. Elle entre dans la salle des Electeurs, et leur présente deux mortels à qui
elle va confier le bonheur des Parisiens.
Ce sont la Fayette et Bailli. Elle les fait
asseoir à ses côtés et adresse ce Discours
aux Citoyens assemblés :

« Peuple de Paris ! la Bastille n'est
« plus, vos ennemis sont dispersés, mais
« soyez toujours en garde contre leurs
« noirs desseins. Il n'est rien qu'ils n'en-
« treprennent pour se venger de la perte
« de leurs prétendus privilèges. Vous avez
« vu que les Divinités, qui protégeaient les
« Aristocrates, les ont perdus en voulant
« les servir. Vous craignez peut-être que
« la Discorde et la Stupidité, par un ra-
« finement de vengeance, ne passent de
« votre côté, et qu'elles n'employent cette
« dernière ressource pour relever leur parti
« abbattu ? Mais rassurez-vous ; je vais leur
« opposer deux mortels dont le courage
« et la prudence feront échouer tous les.

« projets d'une ligue audacieuse. En vous
« donnant la Fayette et Bailli, reconnais-
« sez la Liberté et sachez apprécier ses bien-
« faits. L'un a combattu sous mes drapeaux
« aux champs de l'Amérique, et l'autre a
« défendu les droits du Citoyen. Français!
« apprenez à briser vos fers sous la con-
« duite de ces deux hommes immortels. «

AINSI parla l'auguste Déesse, et les
Electeurs nommèrent la Fayette, Général
des Troupes de la Nation, et Bailli, Chef
des Représentans d'un Peuple libre.

TELLE fut cette séance à jamais mé-
morable où la Liberté entra pour la première fois dans l'Hôtel-de-Ville de Paris.

CHANT XIII.

ARGUMENT.

Le Roi, sachant les projets des Aristocrates, vient sans suite à l'Hôtel - de-Ville de Paris. Les Aristocrates se rassemblent tous près de Péronne. La Stupidité vient les y rejoindre. L'Abbé Maury demande la permission de revenir à l'Assemblée Nationale ; la Stupidité la lui accorde et lui promet de l'y animer de son esprit. Frayeur de Broglie et de son Armée. Ils arrivent près de Cambrai, et campent dans un marais. Les Chanoines de cette Ville viennent rendre hommage à la Stupidité. Offres galantes que fait un petit bonhomme à cette Déesse. L'Armée Aristocratique se remet en route ; crainte de surprise

elle marche à petit bruit et sur la
pointe du pied l'espace de vingt lieues,
et enfin elle arrive chez l'Etranger.

———————

LA Vérité n'habita jamais les Cours. Parfois cependant on la vit se servir de l'organe de quelques hommes intègres pour se glisser furtivement au-près du Trône. Heureux le mortel qui ôse la dire à son Roi ! plus heureux encore le Roi qui l'ôse entendre !

VERSAILES ignorait, ou plutôt, feignait d'ignorer les événemens de la Capitale ; et le Roi, trompé par ses courtisans, croyait son peuple heureux et tranquille. Soudain Liancourt se présente à lui. « Sire, lui dit-il, « on a abusé de votre bonne foi. Une ligue, « formée contre vos peuples, a sous votre « nom fait approcher de Paris une Armée « de trente mille hommes. Les Citoyens « ont pris les armes. Ils sont maîtres de « la Bastille, et les têtes de Delaunai et « de Flesselles, que l'on promène au bout « de deux piques, annoncent de quelle

« manière le peuple veut se venger de ses
« oppresseurs. Les principaux Chefs de la
« ligue sont déjà loin de ces lieux, et leur
« fuite prouve leurs forfaits. »

LOUIS frémit des dangers où l'ont ex-
posé ceux qui l'entouraient. Il voit quels
malheurs sont attachés à la destinée des Rois,
et combien les tyrans subalternes emploient
de ressorts pour abuser de la confiance d'un
Souverain. Il ne répond à Liancourt que
par ces mots : « *je veux aller voir mon*
peuple. »

IL part; il est sans suite, et n'en a
plus besoin. Il est gardé par l'amour de
ses fidèles sujets. Il arrive à la barrière;
c'est-là qu'il reçoit l'hommage du nouveau
Maire, du sage Bailli qui, au nom de ses
Concitoyens, lui dit : « Sire, je vous ap-
« porte les Clefs de votre bonne Ville de
« Paris; ce sont les mêmes qui furent pré-
« sentées à Henri IV : il avait reconquis son
« peuple, et aujourd'hui, c'est le peuple
« qui a reconquis son Roi. »

IL descend à l'Hôtel-de-Ville, promet

de défendre son Peuple contre les Grands,
arborre la cocarde de la Nation, dont il
sera toujours le père, retourne à Versailles
et n'entend sur sa route que ces mots bien
flatteurs pour un Souverain : *vive la Nation, vive le Roi* !

PENDANT que la Capitale commence à
jouir d'une espèce de calme, les Aristocrates
arrivent enfin, après mille détours, dans
une vaste plaine, voisine de Péronne. C'était
là leur rendez-vous. Ils s'y rencontrent tous
à-peu-près à la même heure, à l'exception
de Besenval, Foulon et Berthier, que leur
mauvaise étoile avait fait tomber entre les
mains du Peuple. Cette Troupe, composée
de dix mille hommes, allait partir sous les
ordres de la Discorde et de Broglie, quand
la Stupidité, qui ne pouvait être long-tems
séparée de ses chers amis, vient les rejoindre,
portée dans une litière. En la voyant, on
se rappelle l'aventure de Montmartre ; on
lui fait un fort mauvais accueil. « Mais
« pourquoi donc en vouloir à notre Pro-
« tectrice, dit Lambesc? A sa place, chacun
« de nous aurait, sans doute, agi de
« même. »

Le héros du Pont Tournant dit encore plusieurs choses très-jolies, en faveur de la Stupidité, et la paix fut conclue entre la Déesse et les Aristocrates, qui lui donnèrent tous un tendre baiser, en signe de reconciliation.

Soudain l'Abbé Mauri demande à retourner à Versailles, en disant : « Je ne « crois pas, illustres complices de mes « belles actions, qu'il soit de mon devoir « de vous suivre dans les Pays étrangers. « Je puis vous être utile à l'Assemblée Na- « tionale, où je ferai des motions favorables « à notre parti. C'est très-bien vu, mon cher « Abbé, lui répond la Stupidité ; d'ailleurs « ne craignez rien, je vous y animerai de « mon esprit. » En lui parlant ainsi, elle lui lance de tendres œillades, auxquelles l'Abbé répond de la meilleure grace ; car on publie qu'il s'est pris pour la Déesse de la plus vive passion. L'Abbé, avec l'agrément de la horde aristocratique, s'achemine vers l'Assemblée Nationale, et l'Armée se met en route.

Du haut d'une colline, Broglie apperçoit

çoit une épaisse nuée de poussière ; il s'imagine qu'elle lui dérobe la vue d'une Armée formidable. Déjà il avait cru voir les uniformes blancs. « Hélas, dit-il, ce « sont les Troupes du Roi que nos enne- « mis auront gagnées pour nous tailler en « pièces. Où nous cacherons-nous ? **Du** « courage, Général, lui répond la Dis- « corde. Si vous avez peur, contraignez- « vous au moins devant ces Gentilshommes « errans qui vous suivent et qui naturel- « lement sont déjà assez poltrons. Mar- « chons ; et combattons, s'il faut com- « battre ».

LE pauvre Général voit avancer les prétendus ennemis, et ses craintes aug- mentent, à mesure qu'ils approchent. Enfin il range en bataille son Armée qui, à l'exemple de son Chef, mourait de frayeur, et bientôt il reconnait que c'est un nom- breux troupeau de moutons qui a causé ses allarmes. « Ah, s'écria-t-il, faut-il que « les grands hommes tombent tous dans « la même erreur? Dom Quichotte et le « Maréchal de Tallard ont été trompés « comme moi. » Cette noble comparaison

G

console le triste Général de sa bévue. Il arrive près de Cambrai et fait camper ses Troupes dans un marais.

« Je vous ouvrirai bien les portes de
« cette Ville, lui dit la Stupidité ; nous y
« avons dans notre parti le Clergé, la
« Noblesse et la plupart de ces Messieurs
« des Etats du Cambrésis, mais nous ne
« devons pas compter sur les Bourgeois,
« qui sont, je crois, de zélés démagogues.
« Je présume que nous ferons bien
« de passer la nuit dans ce marais, où
« d'ailleurs nous ne manquerons pas de
« vivres. »

Comme elle parlait encore, elle entend un grand bruit de cloches. « Ah, ah,
« dit-elle, je vois bien que la Troupe Ec-
« clésiastique de cette Ville veut me régaler
« des sons harmonieux de son orchestre !
« Ce tintamare est une marque d'honneur
« à laquelle je suis très-sensible. » Bientôt pour comble de bonheur, elle apperçoit une quantité prodigieuse de Chanoines qui viennent la saluer comme leur Divinité tutélaire. Ces graves Prébendiers donnent

le bras à un pareil nombre de gouvernantes
acortes, lestes et fringantes, qui portent
des rafraichissemens pour l'Armée fugitive.
A la suite de cette bande joyeuse marche
fiérement un petit bonhomme, au poil roux,
et au teint cadavéreux, Greffier de pro-
fession et Aristocrate d'inclination. « Res-
« pectable et sage Déesse, dit-il, en s'a-
« dressant à la Stupidité ; ô vous par qui
« je suis quelque chose dans cette Ville !
« je n'ai pu vous savoir en ces lieux, sans
« venir vous rendre mes sincères hom-
« mages. Faites-moi l'honneur d'accepter
« un logement chez moi ; vous y serez mieux
« que dans ce marais. J'ai fait préparer deux
« lits pour la Discorde et pour l'Orgeuil.
« Vous n'ignorez pas, Déesse, combien je leur
« suis attaché. Si vous daignez partager le
« mien, vous comblerez les vœux du plus
« grand de vos admirateurs. »

Ainsi parle Sothubert, c'est le nom
du petit bonhomme ; et la Stupidité, sensible à tant d'offres obligeantes, lui témoigne
son chagrin de n'en pouvoir profiter. Les
Divinités, les Aristocrates, les Chanoines,
les gouvernantes et Sothubert passent la

nuit dans le marais où ils batifolent inno-
cemment jusqu'au lendemain matin. Alors
ils se séparent et la Troupe errante se remet
en route.

La Stupidité ne croit pas devoir faire
passer son Armée par Douai, quoiqu'il y
ait dans cette Ville Parlement et Univer-
sité. Une autre raison l'empêche de traver-
ser Valenciennes. Elle ordonne à Broglie
de se frayer un chemin entre ces deux
Villes. Le Général est encore plus prudent
que sa protectrice. Il fait, crainte de surprise, marcher ses Troupes sur la pointe
du pied l'espace de vingt lieues. Aucun de
ces fameux Guerriers n'ose parler; ils sont
dans une frayeur mortelle à l'aspect d'un
seul paysan ; ils se croient toujours poursuivis par les patriotes. Enfin ils gagnent
les frontières de l'Empire, après une marche
que la Postérité, si elle est juste, compa-
rera à la retraite des dix mille.

CHANT XIV.

ARGUMENT.

Pétronille, vêtue en homme, est forcée d'aller garder les barrières. Ce qui lui arrive dans le Corps-de-Garde. Un Président, déguisé en Comtesse, la mène dans une petite maison. Evasion de Pétronille. Nouvelle infortune de cette belle. Disgrace qu'elle éprouve à la Rapée avec trois Abbés. Elle se réfugie chez sa tante, Tourrière des Annonciades. La Garde Nationale fait une descente dans ce Couvent, et s'empare de Pétronille.

Que le beau sèxe a raison de se plaindre !
L'heureux siècle des aventures incroyables

est passé pour lui ! Jadis la plus petite
Princesse, avant d'être unie à l'objet de
son fidèle Amour, goûtait toujours le plaisir
de sept ou huit enlévemens. Mais hélas !
nous avons perdu le secret d'enlever les
belles : secret merveilleux que possédaient
au suprême dégré nos sages ancêtres ! Sans
ce qui arriva à la Maîtresse de Crisostome,
on ne croirait peut-être plus aux aventures
inouïes de l'incomparable Mandane et de
l'heureuse fiancée du Roi de Garbe.

TANDIS que son Amant retourne à
son District, Pétronille se livre à mille
réflexions, toujours plus affligeantes les
unes que les autres. Elle craint que son
oncle, ne la retrouvant plus à son réveil,
ne vienne la chercher dans l'asyle qu'elle
s'est choisi, et ne la sépare pour jamais
de son cher Crisostome. Pour prévenir un
pareil malheur, elle veut aller chez une de
ses amies reprendre les habits de son sèxe
et de là se réfugier chez sa tante Monique,
Tourière du Couvent des Annonciades, en
attendant la fin des Révolutions. Elle sort,
après avoir bien médité son plan. Mais le

Destin semblait avoir juré de contrarier de si sages projets.

ELLE passe devant un Corps-de-Garde ; le roulement du Tambour y appelle les Citoyens pour prendre les armes. L'Officier voit avec douleur que sa patrouille n'est pas complette. Au nom de la Patrie, il conjure Pétronille de se joindre à ses Soldats; elle refuse; mais bientôt les prières du Capitaine deviennent des ordres, et la belle est obligée de prendre le mousquet, la giberne et le sabre, et d'aller, avec cinquante Citoyens Soldats garder la barrière de la Conférence.

ELLE ne s'était pas couchée la nuit précédente : en entrant dans le Corps-de-Garde, elle se jette sur un lit de camp, et malgré la douleur qui l'accable, elle se livre au sommeil. Son gilet déboutonné, sa cravatte dénouée laissent appercevoir des charmes qu'on ne voit pas ordinairement dans un Corps-de-Garde. Ses voisins qui ne dorment pas, s'assemblent au-tour d'elle. Ils admirent sa beauté ; ils s'imaginent voir une héroïne qui, à l'exemple de Bradamante,

Clorinde et d'Eon, a déguisé son sèxe pour servir sa Patrie. Ils veulent lui en témoigner leur reconnoissance ; mais cette reconnoissance est si expressive qu'elle réveille Pétronille. Elle est surprise des gestes un peu grenadiers de ceux qui l'entourent. Elle n'a que ses cris pour toute défense ; et des cris défendent mal une belle des tendres entreprises de tout un Corps-de-Garde.

Le Capitaine, vieux Procureur, qui, depuis long-tems a renoncé aux aventures galantes, entend des cris et en connaît bientôt le motif. Il est outré d'un pareil scandale, et sur-tout dans un pareil lieu. Il veut chasser celle qui en est le sujet, quand un carosse élégant se présente à la grille de la barrière pour entrer dans la Capitale.

La Dame du carosse voit Pétronille en pleurs, apprend qu'elle est une fille travestie en homme, lui offre une place dans sa berline pour la reconduire chez elle. Notre héroïne accepte la proposition et s'applaudit de fuir loin d'un lieu où sa vertu a couru de si grands risques ; mais la pauvre fille n'est pas encore à la fin de ses malheurs. La Dame respectable, qui lui avait donné place dans sa voiture, était un Président à mortier du Parlement de Rouen, que des motions indiscrètes avaient forcé de quitter brusquement cette Ville, et qui pour se soustraire à la vengeance des Normands, s'était prudemment métamorphosé en Comtesse.

LE Président mène Pétronille dans une petite maison du fauxbourg du Temple et l'y garde huit jours. Je ne raconterai point ce qui s'y passa entre la belle et la Comtesse postiche ; mais lorsque Pétronille fut réunie à son Amant, elle lui dit naïvement, dans un transport amoureux : « Ah ! mon « ami, tu sais mieux aimer que le Président « Comtesse » !

PÉTRONILLE, toujours fidelle à son cher Crisostome, même en le trahissant, veut enfin s'échapper de sa funeste prison. Un beau matin, elle descend, à petit bruit, dans le Jardin, et grimpe, à l'aide d'un espalier, sur le haut du mur; mais en se laissant tomber doucement dans la rue, elle s'accroche à un clou et déchire sa culotte de casimir, précisément à l'endroit où une culotte a le plus besoin d'être fermée. Pour remédier à ce petit accident, elle tient son chapeau collé sur la déchirure et se met en route. Elle voit beaucoup de personnes assemblées devant une boutique et se mêle parmi la foule. Mais bientôt une main adroite lui dérobe son chapeau et la prive de la seule ressource qui lui restait dans son malheur. Pour réparer l'accident arrivé à sa culotte, elle monte chez une ravaudeuse. Elle y trouve trois Abbés, et leur présence l'empêche d'abord de dire à cette femme le sujet qui l'amène. Enfin elle parle et se voit obligée d'ôter le vêtement nécessaire pour le raccommoder. Pétronille n'avait point de caleçon, la ravaudeuse n'avait qu'une seule chambre, et la belle, peu accoutumée à défaire une culotte, a la maladresse de découvrir des appas qui ne laissent plus de doutes de sur son sexe. Les trois Abbés feignent, par discrétion, de ne s'appercevoir de rien; et quand l'ouvrière a fini son opération, l'un d'eux donne poliment la main à Pétronille pour descendre l'escalier, et nos graves Ecclé-

siastiques, arrivés dans la rue, font monter
la belle dans un fiacre, en lui promettant
de la méner où elle voudrait aller. Mais
le cocher, docile à la voix de ceux qui le
paient, conduit Pétronille et les trois Adonis tonsurés dans une guinguette de la
Rapée.

ELLE s'apperçoit, mais trop tard, de
l'intention de Messieurs les Abbés. Elle
cherche à s'échapper ; efforts inutiles ! Feue
Lucrèce, avec son incroyable vertu, ne
put se défendre contre un Séducteur, qu'aurait pu faire Pétronille contre trois ? Cependant ses cris font monter l'hôte, l'hôtesse,
ses filles, les marmitons, et une patrouille
qui passait alors sous les fenêtres de cette
maison. On s'empare de Pétronille et des
Abbés, et la patrouille les conduit au District. Après un interrogatoire qui dura trois
heures, la belle est relâchée et les Abbés
conduits en prison. « Hélas, s'écrie Pétro-
« nille, il est donc écrit dans le Ciel que
« je ne pourrai pas être honnête femme,
« lorsque j'ai si grande envie de l'être ! Que
« pensera de moi mon cher Crisostome ?
« Et que les Journalistes de Paris vont

« débiter de sottises, quand ils s'auront
« ma triste déconvenue ! »

APRÈS cette exclamation philosophique,
elle entre dans le Couvent des Annonciades :
sa tante Monique, tourière de ce saint asyle,
vient lui ouvrir la porte, et ne peut dissi-
muler son étonnement de voir sa nièce de-
venue cavalier. Pétronille lui dit, pour s'excuser, que, depuis que tout le monde est
libre en France, les femmes sont forcées de ne
sortir qu'avec des habits d'homme. La bonne
Monique bénit le Ciel de cette heureuse
révolution et engage sa nièce à prendre un
peu de repos, quand tout-à-coup un grand
bruit se fait entendre à la porte du Couvent.

C'ÉTAIT le Général Lameth, à la tête
de six cents hommes d'un courage à toute
épreuve, qui venait enlever un Aristocrate,
qu'on leur avait dit être caché dans ce Monastère. Lameth et les six cens héros, d'un
air à faire reculer toutes les Nonnes de
l'Europe, vont de dortoir en dortoir, de
cellule en cellule, à la chasse aux Aristocrates, et malheureusement ils n'en trouvent

pas. Honteux de n'avoir cueilli aucun laurier dans cette expédition périlleuse, ils songent à se retirer en bon ordre et sans bruit ; mais le hazard leur fait découvrir Pétronille qui, grace à son travestissement, passe à leurs yeux pour ce qu'elle n'est pas. Ils l'emmènent, malgré les cris de la Sœur Monique ; et l'infortunée Pétronille sert à orner le char de triomphe du vainqueur Lameth.

QUELQUE plaisir que je prenne à parler des aventures de mon héroïne incomparable, je sens qu'aujourd'hui le sommeil m'empêche d'aller plus avant ; mais j'en promets la suite dans un autre chant, après avoir auparavant dit un mot du vaillant Crisostome.

CHANT XV.

ARGUMENT.

Désespoir de Crisostome, en apprenant la fuite de Pétronille. Un Poéte vient proposer à notre héros de chanter ses hauts faits dans un Poëme épique. Il lui lit, pour lui donner une idée de son talent, le commencement d'une Tragédie en vaudevilles sur la fuite des Aristocrates. La Stupidité revient en France, et pour chercher à relever son parti, elle dicte les réclamations du Cambrésis et des Parlemens de Bretagne et de Normandie. Elle se glisse à l'Assemblée Nationale et applaudit aux motions de l'Abbé Maury.

LE malheureux Crisostome est bientôt informé de la fuite de Pétronille. Il la cherche par-tout et n'en apprend aucune nouvelle. Enfin, dans son désespoir, il est sur le point de se donner la mort, mais il réfléchit qu'il doit vivre encore pour le bonheur de sa Patrie dont il est un des plus fermes appuis. Il est vrai qu'il avait fait pour elle mille actions éclatantes. La Déesse aux deux trompettes les avait publiées en tous lieux; et le bruit s'en était répandu jusqu'aux oreilles du Chevalier de Rimanville, Poëte célèbre qui, ravi d'avoir rencontré un héros digne de sa plume, vient un matin chez Crisostome, et lui dit :

« Si vos exploits sont connus de tout
« l'Univers, mes talens ne le sont pas moins.
« La gloire du Poëte Rimanville ne le cède
« en rien à celle du guerrier Crisostome.
« Je suis ce fameux Auteur qui veut prendre
« à bail la fourniture de tous les théâtres
« de Paris ; et je viens vous proposer de
« célébrer vos faits héroïques dans un Poëme
« épique en trente-six chants. Je suis très-
« flatté, lui répond Crisostome, de cet
« honneur insigne ; mais je n'ai point en-
« core fait pour ma Patrie tout ce que je
« devais. Je n'étais point à la prise des In-

« valides et de l'Ecole Militaire ; il est vrai
» que j'ai témoigné mes regrets de ne pas
» m'être trouvé à ces deux belles expédi-
« tions. Je n'ai pas été au siège de la Bas-
« tille, mais j'y suis arrivé lorsqu'elle était
« prise. Ah ! lui dit Rimanville, ce dont
« vous me parlez, n'est rien, en compa-
« raison de ce que vous avez fait. Votre
« extrême modestie vous empêche de ré-
« véler vos brillantes actions. Tout Paris en
« a été témoin, et je veux, malgré vous,
« les transmettre à la Postérité. Je con-
« viens, puisqu'il faut l'avouer, répond
« Crisostome, que ma Patrie m'a de
« grandes obligations. D'abord, j'ai per-
« fectionné l'art de faire des patrouilles ;
« j'ai appris aux Soldats à être en faction
« avec grace et décence ; jamais je n'ai
« laissé entrer un particulier dans le jardin
« des Thuilleries, sans une cocarde natio-
« nale. Voilà précisément, s'écria Riman-
« ville, ce qui doit vous rendre immortel.
« Mais avant de travailler à mon Poëme,
« que j'intitulerai la Crisostomiade, je vais
« vous dire le commencement d'une Tra-
« gédie que j'ai faite sur la fuite des Aris-
« tocrates.

« MA

« MA Tragédie est en vaudevilles. Cela
« vous surprendra peut-être, mais comme
« à présent on pleure aux Opéras comi-
« ques, je crois que, par une raison con-
« traire, on peut rire à une Tragédie. D'a-
« bord paraît le Prince de Lambesc. Il est
« à cheval, parce qu'il faut du neuf dans
« une Pièce de Théâtre, et que mon héros
« étant grand Ecuyer de France, j'ai cru
« devoir le représenter dans son véritable
« costume. Il arrive sur la scène et chante
« ces deux couplets :

Air du Vaudeville du Maréchal.

Plus hardi que feu Sacripant,
Quand j'eus franchi le Pont-Tournant
Je vous massacrais, à la ronde,
Et les vieillards et les enfans.
Non, les bourreaux les plus savans
N'eussent pas mieux tué le monde.
  Tôt, tôt, tôt,
  Au galop,
  Tôt, tôt, tôt,
  Avec rage,
Morbleu, que j'ai fait de carnage !

H

Air : *Du haut en bas.*

Du haut en bas
Tout Paris maintenant me traite ,
Du haut en bas ,
Et pourtant je ne m'en plains pas.
Depuis que j'ai battu retraite ,
On dit qu'il voudrait voir ma tête
Du haut en bas.

« ALORS survient le Maréchal de
« Broglie , qui chante , avec Lambesc , le
« duo suivant :

Air : *T'es dans tes atours* , de l'Amoureux de
quinze ans.

BROGLIE.

Je suis mis à prix.

LAMBESC.

Moi d'même,

BROGLIE.

Hélas; de Paris
Je crains la fureur extrême!

LAMBESC.

Moi d'même.

BROGLIE.

Ah! que je hais
Tous les Français!

LAMBESC.

Moi d'même.

BROGLIE.

J'ai vu manquer tous mes projets.

LAMBESC.

Moi d'même.

BROGLIE.

On court après moi

H 2

LAMBESC.

Après moi d'même.

BROGLIE.

J'en frémis d'effroi.

LAMBESC.

Et moi de même.

BROGLIE.

Car si je suis vu,

LAMBESC.

Moi d'même,

BROGLIE.

Je serai pendu.

LAMBESC.

Moi d'même.

« LAMBESC pour excuser l'espiéglerie
« qu'il fit au-tour du grand bassin des

« Thuilleries , chante ce petit couplet :

Air *de Joconde.*

En ces momens je pelottais ,
    En attendant partie ;
Sur tous ces badauds je courais
    Avec mon cheval pie.
Suivant vos leçons, je mettais
    Ma gloire à les poursuivre ,
Et de sang froid je les tuais ,
    Pour leur apprendre à vivre.

« BROGLIE, pour prouver que Lam-
« besc s'est comporté comme un étourdi ,
« chante à son tour :

Air *du vaudeville du Bucheron.*

Où Diable aviez-vous donc la tête ?
De quoi , Lambesc , vous mêliez-vous ?
Et pourquoi troubler une fête
Dont nous devions profiter tous ?
Il faut agir avec prudence ,
Car lorsqu'on médite un grand coup ,
    Trop de pétulance
    Gâte tout.

H 3

« Je ne vous en dirai pas d'avantage»
« continue le Poète. Ce commencement
« doit vous donner une excellente idée du
« reste, et vous prouver que nul n'est plus
« digne que moi de chanter vos brillans
« exploits ». En disant ces mots, il quitte
Crisostome qui, enchanté de savoir que
Rimanville allait le célébrer dans ses vers,
oublie un moment sa belle Pétronille.

Cependant la Stupidité, après avoir
conduit ses chers Aristocrates jusqu'aux
portes de Bruxelles, revient en France et
cherche encore à relever son parti ab-
batu.

En passant par Cambrai, elle dicte les
réclamations de la Noblesse et du Clergé
de cette Ville contre la nouvelle Constitution. Elle fait les arrêtés des Parlemens de
Bretagne et de Normandie, et elle revient
ensuite à l'Assemblée Nationale. Elle y applaudit aux motions des Cazalès, des Dé-
prémesnil et autres ; mais sa joie ressem-
ble au délire, lorsqu'elle y entend son fidèle
Abbé Mauri, le digne objet de ses tendres
affections. Elle bat des mains à chaque

sottise qu'il lâche, et la Déesse s'écrie avec
transport : « Ah, bravo, bravissimo ! Je
« n'aurais pas mieux parlé, moi qui me
« pique de dire de si belles choses ! »

CHANT XVI.

ARGUMENT.

Suite des aventures de Pétronille. Elle est conduite dans un District où on la reconnaît pour la nièce de la Sœur Monique. Le vainqueur des Annonciades veut qu'elle reprenne les habits de son sexe. Elle est rencontrée par une Troupe de femmes qui la force d'aller à Versailles. La Discorde raconte à la Stupidité pour quelle raison elle fait marcher le Peuple contre cette Ville. Périls où se trouve la Cour. La Liberté assemble les Parisiens et les envoie au secours de Versailles. Le Roi et toute sa maison viennent à Paris, avec l'Armée Nationale. Reconnoissance de Pétronille

et de Crisostome. Leur hyménée. Fuite
de la Discorde. La Stupidité reste à
Paris ; pour faire des écrits et des
motions à l'Assemblée Nationale. Pe-
tite réflexion de la Liberté.

La belle Pétronille, dont je n'ai pas encore fini les aventures, est conduite au
District le plus voisin des Annonciades.
Déjà le Peuple amassé devant la porte criait:
à la lanterne l'Aristocrate ! Déjà l'on s'as-
semblait pour faire pendre provisoirement
le prisonnier du Général Lameth, quand
la vieille Monique arrive toute essouflée et
réclame sa chère Pétronille que six cens
Soldats ont arrachée d'un lieu, jusqu'alors
inviolable. Bientôt il est prouvé que le
prétendu Aristocrate est la nièce de la
tourière du Couvent, et le glorieux vainqueur des Annonciades ne retire de sa té-
méraire expédition que l'honneur d'avoir
pris d'assaut un Monastère de filles dont
toutes les portes étaient ouvertes. Pétronille est relâchée ; mais le vaillant Lameth,

déjà comparable à Scipion l'Africaín, par
ses brillans exploits, veut aussi lui ressem-
bler par son amour pour les bonnes mœurs. Il
demande que Pétronille ne sorte qu'avec des
habits de femme. La motion passe à la
majorité des voix, et la belle captive re-
prend le costume de son sèxe avec lequel
elle sort du District.

« HÉLAS, dit-elle, dès qu'elle fut dans
« la rue, que d'événemens depuis peu de
« jours ! L'habit que je portais devait me
« préserver de tant de malheurs, et il
« semble que ce soit lui qui me les ait
« attirés ! Peut-être que sous celui-ci je
« serai plus heureuse ! Je vais retrouver
« mon cher Crisostome ! Ah, s'il savait
« tout ce qui m'est arrivé. ! »

COMME elle parlait encore, une troupe
de poissardes l'entoure et la force de marcher avec elle à Versailles. Pétronille,
étonnée de cette nouvelle aventure, refuse
d'avancer ; mais on la met à cheval sur un
canon, et dans cette attitude guerrière, elle
s'éloigne de Paris, accompagnée de trois
ou quatre mille amazones des halles, qui

toutes avaient des sabres et des bâtons.

JE dois dire, en peu de mots, ce qui avait fait mettre en marche cette Armée féminine.

LA Discorde qui, à l'exemple de la Stupidité, était revenue en France et pour le même sujet, avait rencontré cette Déesse dans un superbe Wiski, au moment où elle sortait de l'Assemblée Nationale ; car la Stupidité ne va jamais qu'en Wiski. « Je « viens, dit la Discorde, du Palais d'Or- « léans, j'y ai fait adopter un plan qui doit « bouleverser à jamais l'empire des lys et « nous rétablir avec honneur dans ces lieux « d'où la Liberté nous a honteusement « chassées. Voici quel est ce projet. Un « Prince que, depuis long-tems, nous fai- « sons agir sourdement, a répandu l'or à « pleines mains, pour semer le trouble et « la division. Le Peuple, excité par lui, va « se porter en foule à Versailles. Il y com- « mettra les excès les plus violens ; et dans « sa fureur, il pourra même se porter jus- « qu'à l'assassinat. La Cour effrayée cher- « chera son salut dans la fuite. Le Roi

« lui-même sera forcé de se réfugier dans
« les Provinces les plus reculées. Alors je
« le déclare incapable de régner ; toute la
« France sera plongée dans les horreurs
« de la guerre civile. Je fais nommer d'Or-
« léans Chef du Royaume ; nous chas-
« sons à notre tour la Liberté ; et dès ce
« moment tout obéira aux Loix de la
« Discorde , de la Stupidité et des Aris-
« tocrates. »

« O le beau plan ! lui répond la Stu-
« pidité. Il est digne de vous , auguste
« Déesse , il l'est même de moi. Souffrez
« que je partage avec vous la gloire de
« cette merveilleuse entreprise ! Ah ! que je
« serais heureuse quand je verrais d'Or-
« léans Roi, Mirabeau Ministre, Lambesc
« Général des Troupes du Royaume , et
« Mauri Pape ! »

Après cette conversation, les deux
Divinités excitent le peuple de Paris à se
porter a Versailles. Elles le font précéder
des quatre mille femmes que nous avons
vu forcer Pétronille de les suivre à cheval
sur un canon ; et cette Armée, après cinq

heures de marche, se présente devant les grilles du Château de Versailles.

CEPENDANT la Liberté qui a deviné les projets de ses deux implacables ennemies, assemble les Parisiens et leur expose les malheurs qui menacent le Roi. « Tout est perdu, leur dit-elle, si vous « ne volez au secours du meilleur des « Princes. Une cabale exécrable veut le « faire fuir du Royaume. Peut-être même « veut-elle...... je n'ose achever : courez « à Versailles et sauvez le Père des Fran- « çais. »

Tous les Parisiens à sa voix jurent de répandre jusqu'à la dernière goutte de leur sang pour la défense de leur bon Roi. La Fayette, après Louis, le plus aimé des Français, se met à leur tête, et ils partent.

COMMENT peindre les horreurs que l'on vit dans le Château, et qui cessèrent à l'arrivée de l'Armée Nationale ? Oserai-je parler des crimes de quelques vils scélérats gagés par les ennemis du Peuple ? Ah ! ceux qu'ils commirent laissent deviner les

atrocités qu'ils auroient faites, si un Dieu
juste n'eût mis un frein à leur rage! Envain
l'on presse le Roi de fuir loin de Versailles,
il est inébranlable; il attend les Parisiens,
et bientôt, au milieu d'un Peuple immense,
il vient habiter la Capitale avec son auguste épouse, ses enfans et toute sa famille.
Là il entend les vœux que forment sans
cesse pour lui ses fidèles sujets dont il a
mérité le doux nom de Père.

On se doute bien que Crisostome était
de l'Armée Nationale. Le désespoir où l'avait
plongé l'absence de Pétronille n'avait point
étouffé son Amour pour sa Patrie. Dans
l'instant où toute les troupes défilaient pour
revenir à Paris, il apperçoit sa Maîtresse au
milieu d'un bataillon femèle. Il se précipite
dans ses bras; leur reconnoissance est des
plus touchantes. Pétronille à la sage pré-
caution de ne pas raconter sur tout ce qui
lui est arrivé, depuis leur séparation. Elle
bâtit une petite histoire qui l'excuse aux yeux
de son doux Ami. La belle savait narrer.
Elle avait lu beaucoup de Romans; non
pas les Romans dégoûtans de l'inépuisable
Rétif-de-la-Bretonne, ni les Homélies sen-

timentales du révérend père d'Arnaud Ba-
culard ; mais les Contes de Boccace et de
la Fontaine, Tanzaï, le Sopha et le Chevalier de Faublas.

PENDANT la route, les deux Amans
se dirent les plus belles choses du monde :
la Verdure, qui était à la suite du Roi, fut
témoin de leurs transports. Il voyait le
parti des Aristocrates anéanti, et conséquemment ses espérences frustrées. Il con-
sentit enfin à l'union de sa nièce avec le
plus tendre des Amans. Cet heureux hyménée se célébra huit jours après le voyage
de Versailles. Tout le District des jeunes
époux fut du repas de nôces ; et l'on dit
que bientôt Pétronille donnera le jour à un
petit Crisostome qui ne le cédera en rien à
son père.

LE calme se rétablit enfin dans le
Royaume. D'Orléans et la Discorde prirent
la fuite ; mais la Stupidité, Déesse opi-
niâtre, reste encore dans Paris. Elle y fait
et débite des papiers-nouvelles, à un et
deux sous la feuille. Par-fois elle va à l'Assemblée Nationale faire des motions par la

bouche de quelques uns de ses favoris. Cependant on présume qu'elle sera bientôt obligée de quitter la France.

LA Liberté s'applaudit, chaque jour, des merveilles qu'elle a opérées ; mais elle voit avec peine que plusieurs de ses sujets ont passé les bornes qu'elles leur avaient prescrites ; qu'ils ont pris la Licence pour la Liberté ; et que, pour finir par une comparaison, ils ressemblent à cet homme qui, voulant monter sur son cheval, sauta trop fort et tomba de l'autre côté.

FIN.

www.ingramcontent.com/pod-product-compliance
Lightning Source LLC
Chambersburg PA
CBHW051550280626
47162CB00021B/1664